冰封奇俠受難曲

許道宏著

冰封奇俠受難曲
作者／許道宏
總編輯／馬鎮梅
責任編輯／楊碧瑤
美術設計／Hon
出版發行／突破出版社
香港沙田亞公角山路33號突破青年村
電話：2632 0000　傳真：2632 0388
電郵：breakthrough@breakthrough.org.hk
網址：http://www.breakthrough.org.hk
http://www.btproduct.com
承印／陽光印刷製本廠
2009年4月初版1刷

On Sufferings: The Inward Journey of a Parkinsonian Pastor
by To Wang Hui
First Printing, First Edition, April 2009

ISBN 978-962-8996-46-9

心　靈　關　顧

關懷、連繫、復和、

溝通、對話……

凝視心之脈動，

直到重新尋獲自己的心。

謹以此書

獻給佩珊

和兩個孩子恩約、信約

以及所有愛護我們一家的人

目錄

8 **序 1** 從青蔥的歲月説起 / 萬樂人

14 **序 2** 難兄難弟 / 馮國豪

18 **序 3** 非常天使 / 林文傑

22 **序 4** 與丈夫同行 / 許胡佩珊

26 **楔子** 平凡嘛，可又不平凡

掀開病歷本

32 好年輕的病人

38 Why Now ? Why Not !

成長記憶

46 童年吃苦預習

54 展開信心的翅膀

水火之旅

64 冰封奇俠

72 「我不要再玩下去！」

苦難 100 問

78 苦難初問

86 伊甸園的墮落

92 「上帝，祢太看得起我！」

96 受苦可以免疫？

排苦解咒心誌

102 迷思中的盼望

106 豐盛生命的導師

116 黑夜也可歌唱

128 罪與苦難的出路

144 **結語**

150 **後記**

154 **附** 給長期病人的照顧者和同行的家人、親友

序 1

從青蔥的歲月說起

萬樂人

聯合太平洋鐵路公司當年在美國西部，承辦一條橫跨大峽谷的鐵路高架橋。為了測試高架橋的承托力，工程師把要通過鐵路的整列火車，放進外加的汽車，重量足有原來的兩倍之多；然後把火車駛到橋中央停下，放上一整天。

一名鐵路工人不明所以，問道：「難道你要折斷橋身不成？」工程師回答：「不，我只是想證明它不會折斷。」同樣，我想到上帝容許試煉臨到許道宏身上，並不是為了證明他會倒下或退縮，而是要證明他不會。

說起道宏，就不能不提他的妻子胡佩珊(Grace)，因為我認識她比道宏弟兄還早呢。Grace是我就讀加拿大大學的同學，可謂一起走過一段「青蔥」的日子，她的家也成了我的「住家飯堂」。畢業後，我先回到香港去，Grace的家庭大本營雖在溫哥華，不久她也選擇回港工作。就這樣，我們又走在一起了。

至於道宏，我跟他同屬一個教會，一個團契。他對我來說，就好像一位屬靈的兄長，給予我很多事奉的機會及啟導，可算亦師亦友。而Grace在我眼中一向都是一個能幹、率直的女孩子，早年她先當上老師，後期就進到大專院校負責外務工作。而在她申請教職時，巧合受聘到迦密中學去，亦即道宏任教的學校……

因此，他們相遇了；再加上Grace不時參與我們教會的活動，增加了他倆接觸的層面。以旁觀者的角度來說，當時道宏司馬昭之心路人皆見，二人的情愫也隨着時日油然而生。作為雙方的朋友，有幸在當中推波助瀾(當時女的不乏追求者呢)，最後卒之見證他們的感情開花結果。我常笑說自己是半個紅娘，而上帝則是那另外的一半吧！

也由於這個原因，在得悉道宏身罹帕金森氏病，更患上肝癌的時候，我即時感覺情況有如雪上加霜，就不禁念起他身邊的Grace來。如果當日她沒有選擇道宏，今天又會是什麼樣的一個景況？

有一天，我終於大着膽子問Grace是否後悔昔日的決定，她給我的答案既正面肯定，又流露着幸福。看見她對丈夫無悔的愛，我深受感動！不單如此，更重要的是我感受到她對上帝的信賴，是那麼堅定踏實。我一方面卸下自己幼稚的疑慮；另一方面，我不能不歸榮耀給天上的父，因為惟有祂能帶給人如此真切的安慰和盼望。

縱然上帝的恩典夠用，在與他們一家同行的日子裏，仍不乏一些令我困惑的時刻，也就是上文說到的試探、試煉。還有好些事情，因為我在過程中不時關注，所以印象特別深刻，甚至叫我對自己的信仰，有更深切的體會。

其一，在已知帕金森氏病的陰影下，道宏夫婦仍滿懷信心迎接第二個小孩子；同時Grace拒絕接受醫院為她提供的羊膜穿刺手術，或稱作「羊水測試」[1]。她說無論怎麼樣，上帝所賜的她都會欣然接受，從這一點就反映出Grace那份珍惜生命、勇往直前的性情，也祝福了我得一個聰穎可愛的乾兒子。

其二，道宏給我最深刻的印象，就是他沒有因帕金森氏病帶來的不便，關閉自己，反以積極、開放的態度面對每一天；從不放棄尋求醫治，同時又努力在限制中設法爭取，享受生活。

平日我鮮有在街上看見類似他這樣行動有障礙的人，起初我還以為帕金森氏症病人數目不多，後來才明白病人多半抗拒走到街上，或者根本缺乏外出走動的支援。但道宏坦然接受外間種種眼光的打量，堅持貼近社會，貼近人羣，甚至有時比我這個健康的人還要活躍（去年他才教我打草地滾球），怎教我不佩服他的毅力和勇氣！

註 1：「羊水測試」可檢驗胎兒有沒有遺傳病或神經系統毛病。羊水中的胎兒細胞可用作基因測試，以分析胎兒患唐氏綜合症、鐮狀細胞疾病（sickle cell disease）、囊腫性纖維化（cystic fibrosis）等遺傳病的可能，也能確定嬰兒的性別。羊水內甲胎蛋白（alphafetoprotein）的含量，還可推測胎兒有否神經管缺陷的毛病。

他們的女兒恩約還小的時候，尚未懂得如何處理爸爸在同學面前出現的處境，有時表現得有點彆扭，父母看着心都酸了；如今她已經應付自如，很疼愛爸爸，也學會分擔家事。道宏、Grace夫婦二人一向包容豁達，深信這種素質也日漸在他們的孩子身上塑成，我為此大大感恩。

作為朋友，間或的陪伴，付出畢竟有限；但他的至親家人卻從不計較，義無反顧地肩負起照顧道宏的責任，讓我更明白何謂「愛」。

不錯，今天魔鬼撒但繼續試探我們，特別是向經歷憂患的人窮追猛打，不斷控訴——

「如果你是上帝的兒女，為何身體這樣不濟？」
「如果你是上帝的兒女，為何家裏有這麼多問題？」
「如果你是上帝的兒女，為何祂不保護你？」

——將我們跟上帝、跟人的愛，淪為一種交易。

誠然，人在追求自我滿足的過程中，難免把「自己」不斷放大，聚焦在個人的成敗得失之中，看不到人生有更高的歸宿，更深的意義。道宏一家卻告訴我們，生命不是這樣的 —— 不逃避，不屈服，乃靠着那加給我們力量的上帝，不住超越，迎向那更美的家鄉……

無論你認識作者與否，深信他的故事會觸動你，正如他的生命感染了我一樣！

「靠你有力量、心中想往錫安大道的，這人便為有福！他們經過『流淚谷』，叫這谷變為泉源之地；並有秋雨之福蓋滿了全谷。他們行走，力上加力，各人到錫安朝見上帝。…… 因為耶和華 —— 上帝是日頭，是盾牌，要賜下恩惠和榮耀。他未嘗留下一樣好處不給那些行動正直的人。萬軍之耶和華啊，倚靠你的人便為有福！」(〈詩篇〉84：5-7, 11-12)

序2

難兄難弟

馮國豪

加拿大列治文基督教頌恩堂主任牧師

「苦難」自始祖犯罪後便歷世歷代一直伴隨着人類，屬上帝愛上帝的兒女也不能幸免，《聖經》裏敬虔偉人如約伯、大衛、保羅等均沒有免疫能力。誠如蘇佐揚牧師創作的其中一首詩歌：〈人生在世總有苦難〉，歌詞更提到「苦難時常在重演」，可惜每天有無數的基督徒在苦難中埋怨上帝、疏遠上帝、甚至離棄上帝！

唐佑之博士在一次公開講座中指出「苦難」是一個謎。至今確實沒有神學家能夠給予我們一個稱心滿意的解釋，原因是紙上談兵並不能幫助人類超越苦難；但天父忠心的僕人夫婦許道宏牧師師母每天克勝苦難的生活見證，給予我很大的啟迪和鼓舞。

在2000年許道宏弟兄被按立為牧師，頌恩堂於溫哥華西北區開展植堂教會事工，在許牧師帶領下穩步發展，短短數年間，教會除了粵語及英語事工外，還開拓了國語事工；不單教會聖工蒸蒸日上，他們的家庭也恩上加恩，小兒子同年出生。在人的眼中，正是春風得意，但就在這年，許牧師突然被證實患上了帕金森氏病！

目睹他們夫婦的痛苦，不禁想起1982年，我修完神學院二年級課程那個暑假，身體檢查發現肝硬化。當時大兒子只有兩歲，那一刻人生頓失方向，事奉前路茫茫，對上帝的不滿，內心的掙扎及痛苦，實在是筆墨難以形容。看着許牧師師母面對的挑戰，感同身受但卻愛莫能助，惟有默默地為他們禱告，求天父施恩憐憫。

數月後的一個聖餐主日，我被邀請到頌恩堂講道，看着許牧師帶領聖餐。他因帕金森氏病的影響，需要有一位弟兄站在旁邊協助，許牧師以言語教導，身邊的弟兄成為了他的手，那美麗感人的情境仍然深深印在我腦海中，讓我看見苦難並沒有把上帝的僕人擊倒。

得悉許道宏牧師決意撰寫一本關於「苦難」的書時，我感到興奮。許牧師分享自己多年在帕金森氏病及肝癌煎熬下的掙扎，有血有肉，一字一淚，用飽經試煉而得勝的淚水，與弟兄姊妹們分享苦難在他身上怎樣成就了天父的意旨。

許牧師在天父恩典下展開帕金森氏症病友支持事工，他常帶着軟弱及搖晃不定的身軀到各教會分享見證，勉勵堅固弟兄姊妹的信心，並且著書述說天父在他身上的恩惠。我在許牧師師母身上看到天父的作為和榮耀。

許道宏牧師的生命見證，給了我這個多年在同一宗派事奉的難兄難弟，體弱多病並患有癌症的同工極大的鼓舞。深盼天父使用這書成為多人的祝福。

序3

非常天使

林文傑

去年回港度聖誕，剛巧道宏一家也回港探親，有幸邀得他們到我家同住。道宏在港朋友甚多，他太太Grace的電話每天響個不停，一家日間的行程總是編得密密麻麻，只可以在晚間跟他們分享近況，互相代禱。

記得某個黃昏，道宏的身子又僵硬起來。以往我也曾有幫他舒展筋骨的經驗，於是照常給他的手臂按摩，讓肌肉鬆弛下來。他當時的病況，比我半年前跟他會面那趟差多了。他的手指繃得緊緊，動彈不得。我忍不住把它們包在我掌心，想用力把它們扳彎，可是他的手指僵硬得，令人心寒，沒想到這頑疾已把道宏摧殘到這地步。

我舉目望進他的雙眼，只見一片無奈，彷彿這只是他多年來皮肉之苦的另外一趟而已。我鼻子立時酸起來。他見我沉思，便報我一個微笑，叫我不用擔心。那時，我的眼淚禁不住奪眶而出……

上帝在我的人生旅程中，安排了許多天使與同行者，道宏是最特別的一位。我唸高中時認識他，他是我的中學老師。自此，從良師到益友，到知己，到與他和他一家如家人般的交往，我見證着他人生的轉變。

他一向熱心教學，蒙上帝呼召，卻願意放下教鞭到加拿大唸神學，之後就艱辛地建立教會，同時還得接受帕金森氏症在他身心靈多方的折磨。意想不到的是，後來他還要受到肝癌死亡的威脅，當中的尋醫和醫治過程，感謝上帝也讓我有機會與這位天使一直同行。

回想與道宏的交往，很感激他給我的人生許多趟的「第一次」——

第一次有人送我名貴手錶——他還是老師——以獎勵我學業進步；

第一次乘坐私家車，便是他從九龍載我到屯門；

第一次吃自助餐，便是他做東，可惜我倆食量有限，沒能物超所值；

第一次打壁球是跟他學的，好不容易才能在他手中贏取一局；

第一次失戀痛哭，是他給我安慰、支持；

第一次當上年紀輕輕的「契爺」，便是認他的寶貝女兒恩約作「契女」。

而他給我體驗最深刻的第一次，莫過於苦難對我信仰造成的衝擊。

我第一次見證頑疾對上帝僕人的吞噬，幾近體無原膚；同時亦是第一次目睹陷於苦難的人可以如何安然自處，如何對上帝全然順服，每天帶着信心與盼望過活。他的掙扎、謙卑與堅持，堅固了我對上帝的確信。

基督徒在世上必有苦難。〈雅各書〉提醒我們，在百般試煉中，也不要看錯，「各樣美善的恩賜和各樣全備的賞賜都是從上頭來的，從眾光之父那裏降下來的；在他並沒有改變，也沒有轉動的影兒。」(1：17)

道宏全心相信上帝永恆不變的信實與慈愛，儘管在疾病煎熬中，上帝仍是掌管他的生命。難得的是，他在困苦中仍能檢視自己，珍惜身邊的人和事，更洞察上帝在各人身上所施行的奇妙的作為。他幫助了許多認識他的朋友，深入體味、反思苦難這課題，相信這書的讀者讀畢他的心路歷程，也會同樣得到不少提醒，受到鼓勵，勇敢、積極地面對人生。

2009年2月28日於美國三藩市

序4
與丈夫同行

許胡佩珊

一口氣看完丈夫道宏的第二本著作，實在不能不為他完成了這書而感謝上帝。

2006年底道宏首部作品《冰封下的暖流》面世，其後兩年多他除了繼續在主日講道外，還接受多個團契和傳媒的邀請，分享見證。此外，還得辦好「溫哥華華人柏金遜協會」病友小組的工作、教會要處理的人與事，別忘記同時他還要對付兩個重病的纏擾。能成書，若不是上帝的恩典，有可能嗎？

我一邊看稿件，一邊也忍不住下淚。感謝上帝帶領我們走過那麼多艱辛的路；就是一雙小兒女，也有他們的困惑。

當小兒子信約開始懂事，明白什麼是帕金森氏症，他問我為什麼上帝不賜他一個健全的爸爸？為什麼別人總以奇異的眼光來看他爸爸？我開解他，告訴他得接納這個事實，又教他明白上帝的作為：祂給我家許多恩典，又藉着多人，特別是他契爺、叔父、爸爸的好友給他的愛，大大填補了爸爸的不足。

女兒恩約剛升上中學那個學期，我跟道宏一起去拜訪老師。我堅持她爸爸也該與媽媽一樣，得了解她在學校的情況，因為女兒起初不願父親前去。學校的老師知道了恩約原來有一個患上帕金森氏症的父親，身子經常擺動，都感到很驚訝，也表示他們的關懷，教女兒心安。

回想起來，就算我自己，何嘗不希望道宏可以康復過來，作個正常人，好讓我陪他外出時，不用讓人報以奇異的眼光？那種心情不足為外人道。

感謝身邊愛我們的家人、朋友、弟兄姊妹，若不是他們的支持，我們便體會不到「萬事都互相效力，叫愛上帝的人得益處」(〈羅馬書〉8：28) 的道理。雖然有些事情「互相效力」的結果，不是即時可見，但我仍深信上帝有祂的美意，叫我和兒女一起學習。

道宏著書，作為他的照顧者，我很驚訝他頭腦那麼清晰，可以細述在他身上發生的事，分析上帝的心意，向閱讀這書的人傳達信望愛。

若你看到他寫作的情形，也不能不佩服他的毅力和堅持。其實道宏的健康，比前差多了。患病初期，偶爾也有些「正常的時間」，現在他的身體若不是處於冰封狀態，便是不停搖擺。要在這兩種狀態下操作電腦鍵盤，實在不容易。

此外，他服用藥物的劑量也比從前多了，要保持頭腦清醒而不含糊，相信得用上很大的意志力。若問他頭腦什麼時候最不清醒，可能就是我倆相對的當兒。所以我時常問他：「你在哪裏？」好邀請他的思緒回來。

他腦筋最清醒的時刻，都在寫書的時候。自從他患病，我便成了他的手和腳。我現在是四肢發達，頭腦簡單，幸好有他寫下的文章，可以作我的提醒。

照顧了道宏這麼多年，對看顧長期病患者，也有一些體會。若已盡所能，就算病人的情況不受控制或改變不來，亦不要抱愧，或責備自己。可以做的，是幫助病人自強不息，不氣餒、不放棄，方為上策；鼓勵對方積極參與他的生活起居，做他做得來的，也欣賞他的努力，千萬不要將所有擔子都放在自己身上。照顧者要保持身心康健，才可以與病人同心同行。

最重要的還是時常和病人一起禱告。面對苦痛，我相信只有全然信靠全能的上帝，方能向前行、向上行。

楔子

平凡嘛，可又不平凡

我是一個普通的香港人，不喜歡冒險，也不勇於嘗試新事物，更不是一個時常留意四周有什麼新挑戰可以磨練自己的人。但回顧過去我的大半生，卻有不少起伏迂迴，叫自己不得不正視生活環境不時的變化，接受新考驗；後來甚至身處逆境，要從幽谷攀爬上來。

我於 1950年代在香港出生，家族從事飼養乳牛，出產牛奶，供應本地一些餐廳。在我唸幼稚園時，父親蒙上帝呼召，離開商務，進入神學院修讀，畢業後當上牧師，所以我從小便有機會接觸基督教。

我們一家十口，家裏長輩有外祖母、父母親。我是老大，還有三個弟弟和三個妹妹。因爸爸要到九龍、新界不同地區為福音拓荒，牧養信徒，於是一家人就像「遊牧民族」一樣，常會遷居，帶給我不少轉變和適應的挑戰。

父親牧會，忙碌辛勞，每天早出晚歸，吃不定時，完全沒有空閒休息，更沒有機會與家人聚天倫。目睹父親工作繁忙，壓力沉重，我曾經賭氣地說：我不會作傳道人！怎料後來自己竟然成了牧師。

我在初中信耶穌。唸大一時，父親突然染病離世，留下一家九口，擔子全落在母親身上。為了幫補家計，我到一家夜中學任教，漸漸發覺自己對教學興趣很大，後來更認定為終生事業；卻想不到執了教鞭十多年後，上帝的呼召臨到我，與太太佩珊一起禱告、掙扎了一段日子，決定回應。我進入加拿大溫哥華的維真神學院（Regent College）進修；畢業後就留下，在溫哥華北岸建立一家華人教會。

建立堂會的確比想像中更艱辛，但也不斷經歷上帝的大能，看見祂如何改變人的生命，心中興奮無比。教會根基漸漸鞏固，不過我的健康同時也出現問題，身體右邊的肌肉經常拉緊，僵硬如石頭一般，轉一個身也覺困難，走路一拐一拐地。在毫無心理準備下，經醫生確診，我患上帕金森氏病（又作「柏金遜症」，或「巴金森氏症」）；不止於此，四年後我更染上致命的肝癌。

帕金森氏症和肝癌同時侵入，既得瞻前又不忘顧後，面對疾病和死亡的威脅，除了感到無助無奈之外，也深切體會到自己的脆弱。生、老、病、死人人必須經過，沒有人逃得了。自此，苦難就成為煉淨我生命的課堂，讓我進入許多的思考、體悟。

作者近照。
突破機構／黃國榮攝

除特別註明外，其餘相片均屬作者提供。

掀開病歷本

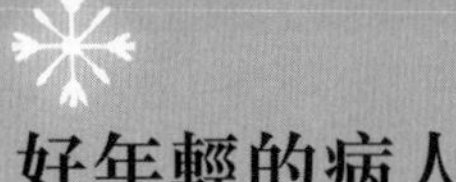

好年輕的病人

還記得2000年暮春的一個下午，天高雲淡，空氣清新，路的兩旁繁花盛放，將溫哥華這個花園城市，點綴得滿有活力和生氣。路上的行人，大都悠然放緩腳步，懷着輕鬆的心情，細心欣賞四周醉人的景色。

儘管大地與行人，正在努力合譜一首〈春之頌〉，我卻是無心回應。我步伐急促，懷着患得患失的心情走到市中心一間醫務所。這診所由一位頗有名氣的腦神經專科醫生應診，求醫的人很多，單是預約排期，我就等了個多月。

年前，有一天清早駕車上班，抵達停車，不經意伸手往後座拿公事包，扭傷了手臂，手部肌肉一陣劇痛。起初不以為意，手痛持續了一段日子，才去看家庭醫生，但不見好轉。

往後我見過不少中西名醫，也接受過骨科的診治、按摩治療、物理治療、針灸、艾灸等，每次斷症都不同，包括什麼網球手、肌肉發炎、五十肩等等。每趟總是滿懷希望而去，失望而返，始終都找不到病源。

身體的肌肉僵硬疼痛，不但沒有任何改善，而且不斷走下坡，右肩胛繃得愈來愈緊，連走路轉身也非常困難，舉手更衣更是痛苦，令身體非常不適，精神也十分疲累、沮喪。羣醫束手無策。

疾病纏擾，又找不出患病的因由，已令人苦惱；但最令我困擾的，還是看到太太一個人承擔了莫大的壓力。那時教會初建立，職務繁重，人手不足，我得常常工作到晚上十時過後才能下班。正有身孕的太太，既擔憂我的病不斷惡化，還得獨力主持家務（那年我們要搬家），更要照顧長女恩約；我卻無能為力，愛莫能助。

幸好她生性樂觀，並倚靠上帝，反倒常常給我安慰鼓勵，使我可以支持下去。

＊　＊　＊

這天約見腦神經專科醫生，心情頗為矛盾，一方面希望找到病源，及早醫治，結束痛苦生涯；另一方面又希望不是腦神經系統出現問題，不然病情絕不簡單。

醫生是新加坡華人，滿頭白髮，說話慢條斯理，眼鏡半掛在鼻樑與鼻尖之間，看人時目光得向上挪移，越過眼鏡框望出去。他問了我的病歷，便吩咐我來回踱步；又要我在紙上不斷打圓圈、寫字，用面部肌肉做各種表情、動作，還檢查了關節……

醫生不停地在病歷表上寫字；但醫生的字，誰會看得懂？

過了兩三分鐘，他抬頭，神色凝重地說：「我相信你患上帕金森氏症。這類病人多在六十歲左右發病；但你才四十多，這樣年輕，情況比較少見。」

我倒抽了一口涼氣，追問：「有什麼治療方法嗎？」

醫生回答說：「到目前為止，藥物只可以減輕肌肉僵硬的情況。至於治本的方法，還未找到。」

那麼，想身體復元的希望，豈不從此劃上句號？花上時間精力求診，竟然得到這個答案，心裏確實有點兒不服氣。醫生問了幾個問題，往我身上按按、拉拉，再着我做些簡單的動作，便找得到病源？是不是有點兒輕率？

我問：「醫生，請問有什麼病徵，令你推斷我患上帕金森氏症？有沒有可能是其他類似的病？要不要照X光片、驗血，或用別的檢查方法？」

醫生耐性地回答：「帕金森氏症的病徵不算很獨特，跟許多病相類似，判症主要憑經驗、觀察。你身體肌肉僵硬，走路身體不平衡，提步困難，碎步和步幅窄小，以及字體愈寫愈小等等，都顯明是帕金森氏症的病徵。不過，這只是初步的判斷。」

我的心往下沉，好像給人猛地重擊了一拳。帕金森氏病，多麼令人恐懼！從來沒想過，竟然跟這病拉上關係。醫生安慰我，這病與其他腦神經疾患相比，已算較為輕微，至少還有藥物舒緩；而且這病基本上不致命，可以活上一段頗長的日子。

不過醫生的話，未能消解我心中的苦痛和疑慮，一想到以後這病形影相隨，便覺無限傷感。拖着疲乏無力的身軀，慢慢提起雙腳，默然離開診所，無目的地在街頭踱步⋯⋯ 腦海不斷出現的畫面，盡是病人肌肉不受腦部控制，作出各種奇特的姿態：如面部肌肉繃緊，或眼睛瞪視，說話含糊不清⋯⋯ 此後，平日容易做得來的事，如扣鈕、寫字、走路，將變得十分艱難。

往下再想到，太太還很年輕，女兒仍未滿五歲，心裏就湧現一股莫名的焦慮和恐懼，把我推進自憐自傷的深淵裏。

Why Now ? Why Not !

人生在世，總會遇上疾病憂患、生離死別，令人憂傷難過，甚至抑鬱消沉。心理學家將人落在這種光景的情緒、心態變化，歸納為幾個階段 —— 先是全然否認，拒絕接受現實，不想聽、講，或處理。接着是憤怒，將挫敗感往外投射，找他人負上全責。往下是討價還價，徘徊在接受與不接受之間，嘗試改變事實。待接受一切已成定局，得去正視、處理，就深感無奈、無助，陷入放棄的景況。最後，如果可以接納生離死別是人人必經之路，就會從中學習，得以成長，並找到失落的正面意義。

我從否定到接納病況，也有一段歷程。起初情緒起伏不定，不相信，也不願意接受，心情一直忐忑不安。想到家族從未有人患過這病，我該沒有這樣「幸運」吧？才四十多歲，怎會就患上這種老人症！

但從醫生口中得悉這病的病徵，着實發現多與自己的情況吻合。愈加分析，愈是懼怕、擔憂，不願接受現實。

接下來，醫生給我作了一連串測試，如驗血、驗尿，作「磁力共振」(MRI)，看看腦部可有腫瘤壓着神經線，以致影響動作遲緩。不出兩個月，所有的測試和化驗都有了結果，我的病給確診為帕金森氏症。

表面看來，我沒有埋怨上帝，也沒有質問祂為什麼我會害了這病，也沒有跟祂角力爭辯；我卻不住地問，why now？（為什麼是當下？）其實反映心裏不忿。如果當下自覺蒙上帝賜福，人就不會問why now了。不過，不久我也不問了，因為心裏明白基督徒對疾病或苦難並非免疫。當然，知道是一回事，到心存順服這地步，還有一個距離。

起初每次禱告，心裏總有很多雜念、憂慮，想到女兒年幼，太太又將臨盆，心裏惆悵萬分。

再想到剛告自立的教會，自問如何有能力帶病肩負領導的責任？是不是反該盤算什麼時候退下來，讓教會有足夠的時間去物色接班人？人當中年，不是尚有好一段日子作工嗎；但我卻將步上一條漫長的苦路。

✻ ✻ ✻

很快我便從「無助」的情緒，進入「不服氣」的階段。

確診初期，肌肉筋骨因僵硬而經常疼痛，教我坐立不安，寸步難移。服用的藥物又帶來不少副作用，包括情緒低落、失眠、血壓不正常、食慾不振、便祕、口腔乾涸，令人心神不寧。

要不是自己的體驗，真的不相信身體的肌肉，什麼時候要繃緊就馬上繃緊起來。我試過走到廚房的門口，肌肉忽然變得僵硬，無法走動，因為不想驚動累極熟睡的太太，從深夜四時，一直站到早上六時。

那時，我還繼續牧會。可惜身體一天天地壞下去，經常疼痛，手震顫，連扣鈕、拿穩食物也有困難，更不要說駕駛汽車了。

有一趟我和年幼的孩子，還有一個到訪的弟兄在家裏，沒料鄰人的後園起火，不巧那刻我全身發痛僵直，動彈不得，驚恐、無助的感覺無法言傳。幸好當時弟兄在，他馬上把孩子帶到屋外，再把我抬走。如此種種艱難，叫我低沉了一段日子。

這段期間，我從《聖經》、禱告，得到很大的幫助。詩人寫的詩篇，無論是在絕望中發出呼求，在危難中求拯救，或在傷痛中求安慰憐憫，他們內心深處傷痛的感受，大大引起我的共鳴。

詩人大衛遭以色列王掃羅猜忌，害怕他會奪去王位，就多方迫害、追殺。雖然大衛被迫逃亡、流徙多年，但還經常存感謝的心，開口讚美上帝：「我要時時稱頌耶和華；讚美他的話必常在我口中。」（〈詩篇〉34：1）他更鼓勵人也稱謝、高舉主的名。這詩篇給我不少提醒。

想不到有一天，當我默想這詩篇時，心中冒出這些話來：「醒來吧！你再這樣下去不成，患病已是不可改變的事實。既然如此，就要面對。過去上帝不斷祝福你，你欣然接受，口裏滿是感謝；現在生病，祂沒有立刻醫治，讓你稍嚐患病的滋味，你就抱怨。這樣合理嗎？」

這幾句話如當頭棒喝，叫我立刻醒悟過來。Why now？Why not！我默默禱告：「上帝啊，求祢赦免我心有怨言，求祢賜下更大的信心，教我知道祢必與我同在。我願每步緊跟隨祢。」我向上帝坦白道出自己的憂慮：如日後家人的生活如何？教會前路如何？如今祂既然不再用我，為什麼起初要呼召我？內心積存的怨憤、愁煩，毫無保留地一一傾訴。

不知禱告了多久，人一下子好像輕鬆多了。從那天起，我依靠上帝去實踐所學：以感謝代替不忿，用讚美打破沉默。愈是感謝，心情愈是輕鬆平和。除了與上帝更親近外，對家人與朋友亦多了一份諒解、欣賞，明白他們的細心照顧，並非理所當然；珍惜彼此，融洽相處，關係才會深化。

願意踏出第一步，上帝就領我走下去，漸漸我對上帝、對人的態度多有改變。過去我曾經受騙，因此常有防備的心，容易對人生疑，自此就學習信任人，分派了工作，就不再事事過問。同時，也學習對上帝有信心，在禱告中把煩惱交託了，就不再掛慮，深信上帝一定有更好的安排。要是平日遇到困惱，心裏有埋怨、不安，就把藏在心裏的經文，拿來默想，從中得到力量、安慰。這樣心中就感到莫名的平靜，無憂無牽掛。

成長記憶

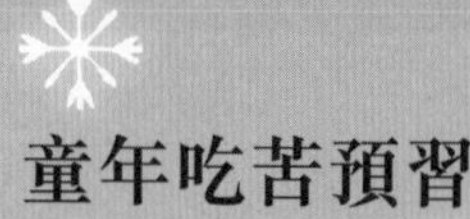

童年吃苦預習

要不是患上這個頑疾，我怎也想不到平生的困苦，可以為應對逆境製造了有利的條件。

回望自己的成長歲月，不時在艱難中度過，這些經歷，可能是上帝為了塑造日後的我，讓我挺過無數難關的一種操練。

我的童年是一段漂泊無根的歲月，這該從家父成了家，且有三名兒女之後所作的抉擇談起。

父親自小已是基督徒，定意獻身作傳道人那時已經成家，且有三名兒女。如果放下事業到神學院進修四年，完全沒有收入，如何養妻活兒？但他認定感召出於上帝，深信祂會供應和引導，就與母親同心走上這條奉獻路。那還是1950年代，為了生活，節衣縮食，父親將房子加建閣樓，把較大的下層出租，全家就擠在閣樓裏。

面對困境，爸媽學會用信心仰望上帝，亦教導我們要如此行。由於父親寫得一手好字，學院邀請他協助文書工作，家裏有了固定的收入。母親勤勞樂天，就是家用只剩下幾塊，也不操心；父親甚至會把自己僅有的拿去賙濟窮人。當真的遇上經濟困難，上帝又感動別人幫助我們。

生活刻苦，我家孩子極少出外逛街玩耍；三人共分一碗麪，連湯水也喝到點滴不留。姨婆生日，小孩可以享用汽水，更叫我們雀躍興奮。那些年間沒有豐衣足食，卻是一無所缺，印象中一家生活得很快樂。

我想今天的家庭就算遇上金融海嘯，只要持家者樂觀積極，家人珍愛互助，就算日子多拮据，相信也一定可以挺過去。

父親為了服侍新界鄉村的村民，建立教會，常領着家人遷居，從繁華的鬧市，搬到沒有自來水、電力供應和公共交通服務的小村落。當年偏僻的大埔吐露港淡水湖附近，就是我家曾落腳的地方。小時候，我搬家十多趟，也因搬家的緣故，轉過五所小學。每趟遷居，都給我帶來不同的適應、挑戰。

✻ ✻ ✻

最叫我挫敗的，還是我的學業。

我在大埔村校唸小一，學校風景優美，一面是無際的農地與梯田，青蔥翠綠；另一面是八仙嶺，還有海水碧藍的吐露港。放學後，我便到林間、山溪、海邊玩樂，人很疏懶。

後來父母察覺我學業有問題，要我轉到九龍深水埗市區、一所教學水平不錯的小學就讀。學校早上八時上課，清早五時，我就得睡眼惺忪起牀梳洗，胡亂將食物往胃裏塞進去，在半睡半醒的狀態下乘車、步行到火車站；下車再徒步二十分鐘方抵達校門。放學又是另一回跋涉長途，回到家裏，早已筋疲力盡，但我還得用上好幾個小時做家課，晚飯後再溫習。

過去一年多，我先後轉讀四所學校，不但跟好同學失去聯絡，連原本已建立好的學習根基，也全給毀壞，一趟又一趟得面對陌生的環境、同學，不同的學習要求。我感到委屈，心裏極大不忿、煩躁，不由地下淚。為什麼父親要傳道？為什麼當傳道人要這麼辛苦？為什麼子女也要跟着他捱苦？

當時我是小三生，不足九歲，一面要適應新校學習模式，一面得面對排山倒海的測驗和功課，但我完全沒有時間和能力去應付。插班生還得主動去認識同學，對害羞的我來說，非常困難。

凡此種種，從小四開始，我就對唸書失去興趣，極不願意上學，不想老師提醒自己是個失敗者。上課對我已沒有什麼意義；每天默然坐在教室，沒精打采，從已遠徙到「邊疆」的座位，呆望窗外的遠景神遊，學習上更失去自信，遇到不明白的地方，也不敢發問。

不斷遇到失敗和挫折，表現當然每況愈下，只好接受自己不是讀書的材料，很想放棄，但又恐怕令父母傷心，心中的懊惱、掙扎，不斷纏擾着我，令我透不過氣來。很想找人傾訴心事，但找不到對象。不敢向父母親細訴，不想替他們帶來更多的麻煩。找朋友分憂嘛，想來想去，竟然想不起有誰。

在別人眼中，我憂鬱寡言，欠缺自信、害羞、不主動與人交談；一看到老師從遠處走來，就立刻繞道而行。若來不及逃跑，只好垂下頭，不敢直視，急步離去。

＊ ＊ ＊

小學年代，我內心充滿苦惱，飽嚐挫敗，理當不堪回憶；不過如今細想，這些艱難日子，原來沒有白過。

家境清貧，養成我節儉、與人分享的習慣。不斷搬家，也助我長大後容易適應新環境，對四周的人和事物保持好奇、興趣，而且還有更寬廣的視野去接受挑戰。

就是童年學習上的困難，也培養了我堅毅、永不言棄的性格。由於雙親沒有放棄，更為我勞心勞力尋覓中學學位，我暗下決心，要給自己一個機會，從頭再試。

升上中學，遇到良師，得到他們的鼓勵和指導，我努力、認真求學，成績有顯著的進步，自信心也增強了；大學畢業，還有機會往英國進修。後來擇業為師，我熱愛培育下一代，與學生建立了多年的情誼至今，相信也與我的童年經驗相關。

跨越了學習障礙這經驗，如今還影響着我。帕金森氏病使我書寫有困難，我就學習中文輸入法，用電腦打字，雖然也有難度，但也儘量不讓這病削減我的能力。

再想，如果我自幼備受父母、長輩過分呵護、照顧，物質充裕，也許我也會愛逸惡勞，追求舒適生活，欠缺獨立處事能力，甚或自大橫蠻，看不到自己的弱點。當逆境或苦難臨近，因平素缺乏磨練，相信不易應付，説不定很快便會倒下來。

這世代的年輕人，長於安樂、富足，沒有為之奮鬥的目標，溫室中的「幸福」，可會反成了一個咒詛？

歲半的孩童。

童年愉快的片段：與外祖母、母親、弟妹到大霧山野餐（外祖母前面為少年道宏）。

弟妹是玩伴。

小六生，一次郊遊。

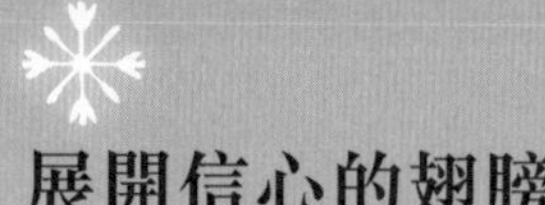

展開信心的翅膀

有調查或心理學的研究指出，受疾病或逆境所困的人，要是他們有信仰，那麼他們就會從中找到安慰、支持，甚至求生的力量。

過去困難的歷練，誠然增強了我解難的能力和毅力，但自始至終，我得承認，是信仰給予我承載苦難的力量。

不要以為家父是牧師，子女也必然是信徒。

我對上帝的信心，是經過多年的體驗、試煉塑成的。

不錯，從小我聽過不少福音信息，也礙着牧師兒子的身分，常要出席教會的聚會；可是聽得太多，聚會太頻，人很疲累、麻木，久而久之，我已練就人在心不在的功夫。想不到在中一那年，學校為新生辦的一個福音聚會，觸動了我的心。

那天講員講道我竟然很留心地聽，而且愈聽愈覺得有道理，也益發感到上帝的愛實在深厚，心裏有很強烈的反應。當講員邀請學生舉手決志，當眾表示願意接受主耶穌為個人救主時，我的心跳動得很厲害；但掙扎、猶豫了一陣子，最後還是沒有舉起手來。

儘管如此，講員的話語，整天在心中徘徊；想到上帝的愛，心中感到分外溫暖，也覺上帝親近。人心情十分輕鬆，好像背在肩上的包袱，忽然輕省了。

那個晚上，我跪在牀邊懇切祈禱，依稀記得這些話：「上帝啊！來到祢面前，我懇切求祢，寬恕我以往有心或無意所犯的過錯。我願意從今天起，接受主耶穌為我個人的救主。感謝祢的大愛，我將生命主權交給祢。我的前路，求主引導。奉主耶穌名求，阿們。」作了這個禱告，心裏充滿平安和快樂。我終於與上帝更新、建立了個人關係。

自此，我學習在禱告中讚美感謝上帝，也把心中的感受和需要告訴祂。

✻ ✻ ✻

爸媽的言教和身教，也幫助我認識上帝。

六歲那年，四妹患上致命的傳染病急性白喉，病危須留院醫治。

我們一家跪在牀邊，傷心流淚，懇切祈禱，求上帝醫治拯救。爸媽也安慰、教導，着我們把掛慮、心裏的難過，全部交給愛我們的上帝，祂必看顧。

妹妹終告痊愈出院，而當時祈禱後心裏湧流出來的那份平安，並沒有隨着歲月而變得模糊。我體驗到禱告的重要，也知道上帝樂意垂聽禱告。

當然，父親作牧師的言行，深深地影響了我。例如八歲時他領我家住進一個村子裏的「凶宅」，過去這屋主村長的男孩，一再夭折。有上帝的保護，我家孩子住進裏面健康平安，教村長明白上帝是真神，他率先信了主。

爸爸樂意服侍村民，時常驅車送他們到鎮裏醫院看病。教導會友認識真理，也很認真，遇上與信仰或教義抵觸的問題，不能修正或妥協時，他會解釋為何一步也不能讓。例如信了主就要拆毀偶像，因為十誡中的第一、二誡指明上帝是獨一的真神，人不可為自己雕刻偶像，也不可跪拜、事奉它。他對《聖經》真理堅執的態度，在我心中留下深刻的印象。

爸爸工作忠心認真，對人關心誠懇，又得媽媽在後默默支持，贏得不少人的尊敬和愛戴。我對牧師這份事奉，開始多了幾分尊重和欣賞。

＊ ＊ ＊

自初中信主，常經歷上帝的愛，讀書、做事較前積極，人生也有目標，信仰成為轉化生命的動力。在教會教主日學，我有機會發掘自己教導方面的恩賜；透過禱告，又經歷了上帝的能力和恩典；祂更通過我的事奉，改變了害羞、不善交際、害怕公開講話的我，服侍祂的心志逐漸堅定。在中學畢業前，我向上帝許願，若蒙呼召傳道，願意聽命。

大學畢業，回母校迦密中學當了六年中學老師。教學給我很大的滿足。作為老師，可以通過課堂教導、課外活動和輔導，去栽培下一代，引領鼓勵他們走上正路。每次目睹頑劣學生日漸歸回正軌，都叫我心裏感恩，得到激勵，更視教育為上帝給我服侍的崗位。

執教六年後，我有機會前往英國進修。在英國那三年，慢慢學會如何獨處，有機會回望、反思走過的路，也處理、治療了深藏的問題和創傷。我學習在上帝面前安靜等候，細心默想祂的話語、聆聽祂的聲音、摸準祂的心意，與上帝建立了較深入的關係。

往後，返港重執教鞭，在教會繼續積極事奉。升職、結婚，生活趨於穩定，也認定教學是自己的終生職業;之前的立志委身，逐漸淡化。

一直到婚後不久，因一次與牧師的交談，我才與太太認真地尋求上帝的心意。肯定了呼召從上帝而來，我就到加拿大溫哥華的維真神學院進修，畢業後在溫哥華北岸建立一家華人教會。在植堂的過程中，上帝讓我學習謙卑，明白人力大有限制，只有祂才是無限。在人看來的難處，上帝更可以將它化成祝福。

就在事工進行順利之際，我患上帕金森氏症。

大埔船灣村民團契。

父親按立為牧師（身穿黑袍者），
前二排右二為長子道宏。

熱愛教學。

與學生打成一片。

留學英國。

水火之旅

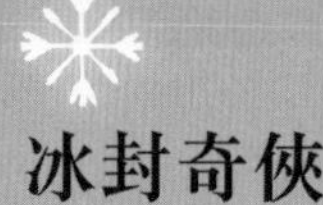

冰封奇俠

或許一般人對帕金森氏病認識不多，常與老年癡呆症混為一談，其實，兩者並不等同。

1817年英國人帕金森(James Parkinson)率先描述這病的臨牀病徵，因而這病以他的姓氏命名——Parkinson's disease。

帕金森氏症為慢性腦部衰退疾病，由大腦內的紋狀體(corpus striatum)和腦幹的「黑質」(substantia nigra)退化引起；負責神經信息傳遞的「多巴胺」(dopamine)濃度降低，以致腦部指揮身體肌肉的活動能力受損，出現肢體靜止性震顫，如手不住震顫，肌肉一繃緊，便難以放鬆下來，大大限制了病人活動的能力。病發初期病人大都思想、智力正常，思維清晰。

而老年癡呆症是腦部功能衰退，病人日益健忘，智力退化，甚至性格改變。

帕金森氏症病人的病況，各不相同，有些人病發時，全身肌肉疼痛僵硬，寸步難移；身體就像給風雪「冰封」一樣，一切活動，都得停頓下來，就如動物冬眠，要候春天來臨，冰雪融解，才再活動。

可是長期服用藥物，卻有相反的副作用。病人全身的肌肉，會不規則地擺動，像跳霹靂舞或hip-hop一樣，通常非舞上一個鐘頭，停不下來。即使在寒冬，病人卻如置身炎夏，汗流浹背，全身濕透。其他副作用，還有唾液分泌減少，容易生蛀牙；味覺大大受損，以及抑鬱症等。

到目前為止，帕金森氏病不能根治，藥物只能幫助拉緊的肌肉鬆弛；而且劑量日漸增加，效用卻只會往下轉弱，至不起果效。因此病人大都感到痛苦、無奈，甚至絕望，對己對人感覺負面，情緒常常陷入秋天那種冷清肅殺的悲涼境界。如此，每天春夏秋冬分明。

＊ ＊ ＊

至於病人的社交生活，也是障礙重重。

活在冰封世界裏的病人動也不動，木無表情，雙目空洞無神，像與外面的現實世界隔了一堵厚牆，不能接觸、也不能與人溝通，而旁人也無法與他們交談。

生病前，我這個人喜歡笑，更喜歡裝鬼臉，跟人初次相識，無論男女老幼，很快就熟絡起來。病後，臉上肌肉僵硬不動，一笑更拉緊肌肉神經，一副皮笑肉不笑的怪異表情，以前清脆開朗的笑聲，在不知不覺間，成了絕響，只好自嘲為「冷面笑匠」。

有些人對帕金森氏症不了解，更誤以為病人行動遲鈍、目光呆滯、手部震顫、說話不清，為精神病病發的徵兆，自然感到恐懼、抗拒，令當事人十分尷尬、難過，難怪帕金森氏症病人常有強烈被遺棄被拒絕的感覺。

初期，我對別人的反應很敏感，害怕惹人注目。上街購物，也專挑顧客不多的時候。因為手腳不靈活，上下車有困難，吃茶也會弄翻自己或人家的杯子，上洗手間更要別人相扶。諸如此類，造成社交生活種種不便，於是社交活動大受限制。

如果晚上外出探訪親友，參加宴會或晚間聚會，都要作出很大的調校、適應。後來，除非宴會、聚會非要出席不可，不然我會推辭。就是出席，聚會時間也不能太晚，或過長；否則，聚會還未結束我已冰封。我開玩笑說自己已經變成灰姑娘，或「冰封奇俠」，在晚上十時前不離場，就會打回原形，變成冰封石像，令照顧我的人手足無措。

＊ ＊ ＊

除了社交生活，帕金森氏症也影響工作。我認識的病友當中，有些如工程師、會計師、教師、電腦從業員等專業人士，雖然還有工作能力，但因為這病發作的時間無法預計，沒能作好心理或實質的準備，所以多半都得從工作崗位上退下來。

我在工作上最大的不便，莫過於書寫。病後寫的字又小又潦草，連自己也看不懂。但每天有不少工作，都得通過文字去完成，包括公文和書信往來。於是我這個電腦盲，只好克服重重困難，學習中文輸入法，儘管打鍵盤時手指不聽話，閱讀屏幕也不易逐字看得清。

至於駕車上班，也出現問題。汽車急轉彎時，它在我手中活脱脱像一匹野馬，有點不受控制。停泊車輛，非得找較寬闊的空間不成。駕駛成為一種無形的壓力；為免釀成交通意外，最後只好放棄。我認識的病友大都有駕駛的困難。有一個女病友初期還可以間或開車，後來只能用步行輔助器或以輪椅出入。

最令我不習慣的，還是思想和行動不能彼此配合。由於腦部傳到肌肉的信息仍然快速輸送，但肌肉接收命令卻出現障礙，以致動作與思想未能協調。例如腦指揮手高舉，但手做不來，於是行動遲緩；加上説話含糊不清等毛病，工作效率遂不斷下降。

再者，病人本來是獨立個體，一向大都扮演照顧者的角色；如今，反倒需人長期照料，如長不大的小孩，在生活各方面得依賴父母。這種角色的倒轉，教人很難適應，那無助與孤單的感覺，只有病人才能明白。

家裏有人患上帕金森氏症，不單是病人個人的問題，也成了全家的挑戰，帶來極大的衝擊和痛苦。如果病人只能日復一日忍受肉體的僵痛，甚至痙攣；精神、情緒抑鬱低沉；心靈也活在憂惶中而沒有出路，那簡直是殘酷的折騰啊！

我這個病人，不能自誇什麼，面對疾病外內交侵，只有不住向上帝祈求，完全倚靠祂，情緒才得以保持穩定，心裏滿懷平安。再想到主耶穌在世「被藐視，被人厭棄；多受痛苦，常經憂患」(〈以賽亞書〉53：3)，相比之下，自己的病患就易忍受多了。

用筆桿擊碰鍵盤來寫作。

太太細心照顧。

病友互助。

「我不要再玩下去！」

經過約三年多的適應，我與太太對帕金森氏症這頑疾有了較深的認識。當它向我挑釁時，我不再硬碰，反而叫自己儘量鬆弛，聽柔和的音樂，讓肌肉放鬆，然後默默禱告。

2004年6月15日，如過去一樣，懷着平常心，與太太往醫院看定期的身體檢查報告，同行還有一友人，心裏覺得自己的情況該不會太壞。沒想到醫生告知，上次作X光檢查的照片，顯示我的肝臟出現腫瘤，大的有3厘米，肯定是癌細胞；還有一些黑點，如果也確診為癌細胞，就表示癌已經擴散。

太太即場哭了，問：「為什麼上帝要這樣待你？」我只得安慰她，並笑對友人說：「留待我的喪禮才哭吧。」

當天還未回到家裏，已收到教會弟兄姊妹問候的電話，教會即晚更安排了一個祈禱會，為我一家禱告。

還記得步入祈禱室時，我抬頭望向那被夕陽餘暉染到橙紅的天空，像在欣賞一幅色彩繽紛的油畫一樣。「夕陽無限好，只是近黃昏。」——中國詩人曾有這樣的感歎；但那刻，我倒覺「能見夕陽無限好，哪計美景近黃昏。」

祈禱室裏坐滿了人，他們關切的神情、懇切的禱告、愛心的眼淚、安慰的話語，令我非常感動、感謝。

人的軟弱，只會令人覺得沮喪的事接二連三，喘不過氣來：除了得繼續抵受帕金森氏症帶來的痛苦，現在還要多應付一個快把身體摧毀的癌症。太太害怕癌症會奪去丈夫的性命，情緒陷入低谷，變得愛哭。一想到她和兒女，心裏實在有些苦澀，我默然地對上帝說：「我實在支持不下了，我不要再玩下去！祢來接我回天家吧！」

可是冷靜下來，再次數算上帝的恩典，又看到妻子不離不棄，還強忍着淚安慰自己，心裏漸漸舒坦下來，告訴自己這不過是開始，上帝自有祂的計劃。我求上帝賜下信心、勇氣，可以倚靠祂沉着應戰。挑戰雖大，但有上帝、家人、弟兄姊妹和朋友的支持，一定可以支撐下去。

＊ ＊ ＊

弟兄姊妹發自愛心的禱告，實在大有能力。雖然面對肝癌的威脅，我心境出奇地平靜，自己也吃了一驚。這種平靜，肯定不是發自內心的力量，而是從上帝而來，上帝讓我經歷祂賜的平安。在香港、美加，和歐洲等地，都有認識或不認識我的信徒，努力為我祈禱，會友又不時送上愛心食物、湯水，令人鼓舞；更有不少人提醒我，在上帝看來，絕症與普通病症根本一樣，只在乎上帝醫治的心意。《聖經》裏的痳風病人、身患頑疾血漏病的婦人，甚至死了幾天的拉撒路，都可得醫治。

我學習心平氣和地在上帝面前耐心等候，心裏也有盼望，遂請大家與我一起向上帝懇切祈禱，懷着敬畏的心去求問上帝的旨意，領受祂的應許。因為加國的治療安排多天仍無消息，加上香港的家人建議回港醫治，與太太一同禱告後，心裏平安，就決定立刻回港就醫。

在港進行手術，到復康療養，每一步都很順利。我給割除了百分之二十的肝臟，癌細胞未有擴散，但五年內仍有復發機會。

微小的我經歷了上帝無限的恩典。

會友懇切代求。

苦難100問

苦難初問

我一病再病，難怪教會的會眾除了關懷慰問，有些人也流露驚訝，表示不明白。

「上帝不是充滿愛嗎？為什麼如此待你？單單一個帕金森氏症，已經令你一家天翻地覆，何況再加上肝癌的折磨？」

他們也愛問：「上帝為什麼容許這些惡疾，臨到我們的牧師身上？」

自古以來，世人都有興趣，或致力探討「苦難」這個課題。當苦難關涉信仰，就幾乎每個年代都有人提出這些問題。例如：

牧師也會受苦難所困嗎？

事奉上帝的人不是蒙祂祝福的嗎？

上帝待人是否公平？為什麼好人常要受苦；而壞人卻像凡事亨通？

苦難是人犯罪帶來的結果嗎？

好人受苦，滿有慈愛的上帝，竟然見死不救，無動於衷，祂怎會如此冷漠？

其實細察之下，發問的人內心不多不少總有點兒自義。他們認為只要平常多行善事，便可以積福；如果有上帝的話，受苦就顯示上帝是不公平、不公義的。祂還配作上帝嗎？人只要問心無愧，不做違背良心的事，就不需要上帝。

他們提出問題，目的主要不是尋找答案，而是在心裏質疑上帝的公義、慈愛和信實。苦難或疾病，都該用來警惡懲奸，提醒人離惡行善，因為「惡有惡報、善有善報」。惡人早晚必定遭惡報，或染上頑症或遇上逆境受責罰。他們自稱信神，但這個神一定要保祐他們身體健康、事事亨通。

受苦，犯罪的惡果？

讓我們先處理「苦難可是人犯罪帶來的結果？」這個課題。對，有些苦難是人犯罪引致的。在日常生活裏，有不少例子，如濫交可致性病，或遭人勒索等。

《聖經》也有記載，人犯了罪，上帝有時會立刻施行懲罰。舊約先知以利沙的僕人基哈西，因貪財向求醫得治的痲風病人乃縵説謊，騙去他銀子二他連得（六十公斤）和兩套衣裳。上帝立刻懲罰他，使他染上當時是絕症的痲風（〈列王記下〉5：20-27）。

基哈西明知以利沙是上帝的代言人，代表上帝，而上帝的恩典和救贖，完全是免費無價的禮物，不能用金錢或其他物質衡量，就像乃縵毋須付出什麼，白白得了醫治一樣。

上帝輕慢不得，但人只要在上帝面前謙恭悔過，為罪憂傷，上帝也願意饒恕赦罪。基哈西犯了罪，以利沙問他：「基哈西你從哪裏來？」

意思是提醒他，給他最後一個機會反省、認罪。但基哈西仍不知錯，再回一個謊話，欺騙以利沙，也即欺哄上帝，上帝的審判即時臨到。他長了大痲風，成為一生的苦難，咎由自取。

不幸的是，有些人受苦，卻不因自己犯事，而是受別人犯罪牽連。例如貪污，就算樓房建築不合規格，驗屋也能過關。後來來了一個什麼水災地震，樓房倒塌，就造成無辜傷亡。相若的例子不可勝數，受害人也不一定可以取回公道，叫人不值。

上帝不喜悅人犯罪，也不願他們長期陷於罪中，飽受苦果，有時也會藉着疾病或苦難去警告，或懲治犯事者、羣體。如舊約的以色列人違背上帝，起貪念或拜偶像，上帝就曾降下瘟疫、大痲風或不育等懲罰，好叫他們悔改，遠離惡行。

上帝特別的心意？

或許沒有人想過，人的苦難，可能就是得見上帝榮耀的時機。

〈約翰福音〉第九章一至十二節，記載耶穌和門徒在路上遇到一個生來便是瞎眼的人，門徒問耶穌說：「這人生來是瞎眼的，是誰犯了罪？是這人呢？是他父母呢？」(9：2) 門徒的問題，反映他們持守猶太人傳統的看法：疾病一定因犯罪而來。

耶穌卻回答說：「也不是這人犯了罪，也不是他父母犯了罪，是要在他身上顯出上帝的作為來。」(9：3) 耶穌清楚地指出，人患病，不一定與犯罪相關。

接着，祂用唾沫和泥抹在瞎子的眼睛上，吩咐他到一個池子裏去洗，瞎子去一洗，就看見了；耶穌基督的大能也藉此顯明。

＊　＊　＊

作家杏林子十二歲那年罹患「類風濕關節炎」，關節一個個變形壞掉，漸漸既不能走，也不能跳，更要飽受劇痛煎熬：「我不知像我那樣既沒有唸過多少書，又癱瘓在牀上的病人到底有什麼用？我活着到底是幹什麼？僅僅為了自己受苦、拖累家人嗎？」[1]

後來她成為基督徒，與上帝同行，蒙受祂的愛和塑造。經過多年的探索，在生活的歷煉裏，她終於明白上帝在她身上有「特別的使命」：

「即使在百般磨難、病體支離中，仍然能活出生命的精華來。」杏林子的文字鼓勵、祝福了不少灰心失意的人。她又「體會到（殘障孩子）內心最深處的無告、痛苦和需要」[2]，委身服侍他們。

上帝的大能在她肉體的軟弱上彰顯出來。

因此別人生病或受苦難所困，我們應該儘量避免論斷。人不是上帝，無法知道事件的真相。我們只能說：「他遭遇患難，可能上帝有祂特別的心意。」千萬不要妄下判斷：「他受苦，是因為他犯了罪，得了該得的報應！」

註 1：杏林子著：《杏林子 —— 生命的詮釋者》（香港：宣道出版社，2005），頁 5。

註 2：杏林子著：《杏林子作品精選》（香港：宣道出版社，1989），頁 132，頁 154。

好人不該受苦？

至於好人行善，不該受苦的詰問，那就先得細究誰是好人、義人了。其實，要衡量一個人是否義人並不容易，因為各人高低、長短、闊狹、寬緊的標準都不同，而且人人都有他人、甚至連自己也看不到的盲點；更不要說個人的成見、曲解了。

再想：善，如何量化？或者，可以量化嗎？為了積福行善，是否真正的善呢？捫心自問，我們從小到大，是否真的從來未犯過錯？未曾說過謊話？不會嫉妒？永不貪心？從未仇恨他人？…… 當我們誠實地面對自己，一一數算錯處時，就難以理直氣壯稱自己為義了。

在上帝的眼中，「…… 並沒有行善的，連一個也沒有。」（〈詩篇〉14：3）我們的義都如破布一樣。「世人都犯了罪」（〈羅馬書〉3：23），如果上帝真要凡事與我們計較，用疾病或苦難去懲罰每個犯了罪的人，不給予任何機會改過自新，那麼人人一生都得活在疾病和患難裏，無法逃離這挽回不了的厄運。

「我們不致消滅，是出於耶和華諸般的慈愛；是因他的憐憫不致斷絕。」(〈耶利米哀歌〉3：22)上帝寬容，是讓我們有機會回頭悔改，罪得蒙赦免，成為新造的人。

我想，就是得蒙上帝救贖的基督徒，天災人禍驟降，也不一定可以脫險；或葬身火場，或死於車禍、空難，不能幸免。依上帝創造這世界的定律，祂容許了或然律的存在。

當然，上帝看「聖民之死極為寶貴」(〈詩篇〉116：15)。

2000年按立為牧師。

服侍的教會自立，攝於慶祝晚會。

伊甸園的墮落

古今中外，人人都喜歡追尋一片人間樂土，好享受愁煩不侵、寧靜安舒的生活。早在中國晉朝，陶淵明就寫下了〈桃花源記〉，他在文章內虛構的世外桃源，人民安居樂業、和睦相處，沒有鬥爭、沒有迫害，引起後人對世外桃源的嚮往。

就是西方社會，亦有訪尋世外桃源的故事，「香格里拉」就是傳說中的樂土。可是，活在二十一世紀，地球村彷彿受到災劫：地震頻仍、冰川融化、病毒變種、有毒食品充斥，金融海嘯禍延各國，還有層出不窮的恐怖活動⋯⋯ 叫人慨歎人間樂土不知往哪裏尋。

不過，就算找到了四季如春，人人健康長壽，沒有苦痛疾患的世外桃源，如果以人墮落的本性來經營治理，恐怕最終只會淪為「污煙瘴氣」之地。

好人好天地

要進一步探究苦難，就不能不追溯苦難的源頭，與罪的關係。

其實在世界的起始，根據〈創世記〉第一、二章所載，上帝這位宇宙萬物的創造主，創造了一個完美無瑕、秩序井然的世界；更為祂創造的男人女人預備了一個比世外桃源更美好的地方，稱為「伊甸園」。那裏有河流滋潤園子，也有金子、珍珠、紅瑪瑙；地上、海洋、大空佈滿牲畜、野獸、魚和飛鳥，一片生機盎然、豐盛，運作不息，人可以享用、管治上帝創造的萬物。

跟其他受造物相比，人地位特殊，是上帝照着「自己的形象」（in His own image）和樣式（likeness）造的。人有上帝的形象在他裏面，所以人也有理性、道德責任感等。有上帝的樣式，讓人在靈性上可與上帝心意相通。

創世初期，上帝與人的關係和諧美滿，人明白也接受上帝是創造萬物的主，也是充滿了愛的神。祂無所不知、無所不在、無所不能；而人亦敬畏、順從祂的旨意。此外，人與自然界關係也密切，各樣活物的名字都是人起名的。

墮落與罪

最初，上帝給予人很大自由和空間，去享受祂的創造。人惟一必須遵守的一件事，就是不可吃那分別善惡樹上的果子，否則必死。後來，蛇用花言巧語引誘始祖亞當夏娃二人，他們竟然抵不住試探，守不住受造物的位分，想僭越與上帝等同，就吃了那禁果；既違背上帝的命令，也得罪了祂，使本來和諧的神人關係，立刻起了急劇變化。由人犯罪墮落那一刻開始，罪就進入這個世界，人與上帝再無法如前可以來往交談，神人關係破裂，人更被趕出伊甸園。

人的悖逆，破壞了原在人裏面上帝的形象，從此與「上帝所賜的生命隔絕了」(〈以弗所書〉4:18)，無法全面活出上帝的屬性來；以軟弱、屬肉體的生命，人靠自己，無力抵擋罪惡，犯罪情況一代比一代嚴重。

人類第一宗命案，發生在兄弟之間，就是亞當的兩個兒子。哥哥該隱所獻的祭物不蒙上帝悦納，但上帝卻看上他弟弟亞伯所獻的。該隱不去檢討自己的錯，反而遷怒弟弟，將他殺死，事後毫無悔意。

〈羅馬書〉第一章十八至三十二節臚列了人類的罪惡：

「自從造天地以來，上帝的永能和神性是明明可知的…… 他們雖然知道上帝，卻不當作上帝榮耀他，也不感謝他。他們的思念變為虛妄，無知的心就昏暗了。…… 將不能朽壞之上帝的榮耀變為偶像…… 他們既然故意不認識上帝，上帝就任憑他們存邪僻的心，行那些不合理的事；裝滿了各樣不義、邪惡、貪婪、惡毒；滿心是嫉妒、兇殺、爭競、詭詐、毒恨；又是讒毀的、背後説人的、怨恨上帝的、侮慢人的、狂傲的、自誇的、捏造惡事的、違背父母的、無知的、背約的、無親情的、不憐憫人的。……他們不但自己去行，還喜歡別人去行。」

罪與苦難

罪惡的殺傷力，既深入又呈輻射性，不單敗壞了上帝與人的關係，也叫人與自己、與別人，以至大自然原來和諧融洽的關係，大大受損。

速看一下西方歷史文明，也可一窺人心變化的歷程。

自第四世紀以來，歐洲的貴族與教會合力以極權統治、控制人民的思想，是歐洲的「黑暗（極權）時代」。這個時代，隨着十四世紀興起的文藝復興運動結束，封建主義在歐洲日漸瓦解，代之而起的是理性主義與自由主義，人從封建極權的一個極端，像鐘擺擺向另一個極端：人單追求自我，高舉個人主義，長年累月發展下來；加上資本主義的推波助瀾，人們越發只顧爭取自己的利益，講權利而不肯盡本分。社團組織、機構，以至政府機關都變得制度化、系統化、官僚化，做事單強調效率。人本身亦漸變成商品，人際間彼此交往，常重利益、效率、利害關係，輕信用，忘恩負義，道德敗壞。

人徹底變得自我中心，抬高自己，甚至以上帝自居。

可悲的是，剖開人的內心深處，那又是另一景象。內裏的空虛、不滿足，甚至不敢面對真我，都教人惶惑、躁鬱，強烈地對自己不滿，感到陌生。

人既不能擁抱真我，就更不能與別人相處。內心的罪性教人有種種爭競、自保，對別人存偏見、惡念，人與人難以互信、互重相待，更不要說坦誠相愛。人際關係疏離，孤單、愁悶驅之不去。

人自利、貪婪的惡性也把自然界的資源誤用，毀害美好的大自然。

罪，編成連累網，又具毀滅性的威力，摧毀了人與上帝，人與自己、與他人、與大自然美好的關係，苦難自然相隨，下文會加以細述。

「上帝，祢太看得起我！」

回頭再說我的惡疾。

動過肝部手術半年，一切安好，不料作了一次例行檢查，醫生又通知我，原本一直在下降的甲胎蛋白指標，又再次大幅度回升至1524度（正常指標是11度或以下）。醫生還表示要儘快安排電腦掃描，和約見肝臟專科醫生。

當時，我設法放開懷抱，但陣陣哀愁總是揮之不去。舉目觀看，大地回春，嚴冬並沒有把柔弱的花草摧殘，看來它們又再發芽生長。

上帝既看顧一樹一鳥，我豈不更為寶貴。我立刻求上帝給我勇氣渡過難關。

2005年3月接到醫生來電，確診我肝癌復發，而且病情比上次來得更兇。由於肝臟多處地方須要治理，加上距離上一次手術只有半年，不宜再開刀，醫生建議將藥物打進血管，以切斷癌細胞養料的供應，也即「化療」。但這項療法得全身麻醉，而我的帕金森氏症叫身體停不下來，如何保證麻醉藥可以準確地通過注射輸入體內？

更徹底的治療方法，便是施行肝臟移植手術。

面對肝癌復發，心裏不安，加上治療方案還得不到落實，我跟上帝說：「上帝呀，祢太看得起我了！」

最後，與太太商量，經過禱告，我決定回港就醫。作了一輪檢查，發現腫瘤數目多，不符合植肝手術的要求，看來化療是惟一的出路。我難免有點失望，但經過這麼多的風浪，我已不再「暈浪」了。

沒想到過了數天，醫院告知沒有完全排除換肝手術的可能，我與太太就一同禱告尋求上帝的旨意。後來，家中的四妹表示願意捐出肝臟，我還是把換肝的事交託給上帝。

為移植肝臟手術所作的測試，一一進行順利。就在醫生準備替我換上妹妹的肝臟，妹妹作最後的身體檢查時，卻發現她的血壓比正常高了很多；若施行手術，恐有中風危險。這時太太提出代妹妹捐肝，但我實在不願為自己健康的緣故，讓親人冒性命的危險。雖然肝換不成，死亡的陰影揮不掉，心情又從高處掉下來，但一俟情緒平復過來，我還是深信天父的恩典是夠用的。

十五周年結婚紀念。

夫妻同行。
「恩雨之聲」胡斯翰攝

受苦可以免疫？

面對肝癌復發，我只能憑信心認定上帝在我身上有祂的計劃。我想起〈約伯記〉的約伯來。

約伯的苦

舊約〈約伯記〉一書，主要探討苦難這個問題。

書中的人物約伯，善良純正，敬畏上帝，謹守自潔。他有七個兒子、三個女兒，家產中的牛羊駱駝母驢，數以萬計，並有許多僕婢，在東方人中為至大。

上帝稱讚約伯：「地上再沒有人像他完全正直，敬畏上帝，遠離惡事。」(1：8) 祂更指出約伯的義，無人能及，是義人中的義人。但後來約伯遭受極大的苦難，令人百思不得其解。

魔鬼撒但攻擊約伯，首先要他嚐嚐破產的滋味，在他毫無心理準備下，在短短一天之內，奪去他所有資產、牲畜、僕婢等等；轉眼之間，約伯就從富甲一方，變成一無所有。破產雖然絕不好受，但錢財總算身外物，約伯未有因此而遠離上帝。

跟着撒但要約伯蒙受喪失骨肉之痛，轉眼之間，他也同時失去十個兒女，從膝下兒女成羣變成絕子絕女。但約伯仍不肯離開上帝。

最後撒但更用痛苦的惡疾去擊打約伯本人，使他受盡各樣苦楚，日夜給頑疾折磨。

他的太太揶揄、責備他：「你仍然持守你的純正嗎？你棄掉上帝，死了吧！」(2：9) 好友又誤解他，長篇大論數他的不是。無論在肉體或心靈上，約伯都受到極大的創傷，極度孤寂，無處可以申訴。他漸漸陷入情緒抑鬱中，像人跌進浮沙，無法自拔，愈掙扎，愈往下沉。

約伯的正直虔誠，並沒有使他遠離或免受苦難，他反而成為撒但挑戰和攻擊的對象。

不過，自始至終，無論景況怎樣惡劣，約伯都沒有離開上帝，勝過撒但的引誘和威脅。

我無意以約伯相提並論，只是檢視自己：作為上帝的僕人，為上帝工作，不是為了得到祂的祝福，而是對上帝大愛的回應。

苦難預警

再說，在《聖經》裏沒有經文提及，如果發生天災或人禍，基督徒可以免疫；或事奉上帝者，如牧師等人，一定不會遇上災厄，一路蒙福。如果有人抱持這個看法：「上帝既然愛世人，必定更愛信祂的人。任何災禍或是苦難臨到，一定會施恩保護，教他們免受災害。理所當然，對不？」我只能說，恐怕他不過是一廂情願。遇到飛機失事，難道只有基督徒才得幸免嗎？

基督教的信仰，從來沒有教人如何趨吉避凶，耶穌清楚地跟門徒說：「在世上，你們有苦難……」(〈約翰福音〉16：33)；祂也曾預告苦難會臨到他們，並教導信徒用什麼態度去面對混亂、危機，或災難。

〈馬太福音〉第十章十六至二十二節，耶穌說：「我差你們去，如同羊進入狼羣；所以你們要靈巧像蛇，馴良像鴿子。你們要防備人；因為他們要把你們交給公會，也要在會堂裏鞭打你們，並且你們要為我的緣故被送到諸侯君王面前，對他們和外邦人作見證。你們被交的時候，不要思慮怎樣說話，或說什麼話。到那時候，必賜給你們當說的話…… 並且你們要為我的名被眾人恨惡。惟有忍耐到底的必然得救。」

苦難是逃避不了的現實。

排苦解咒心誌

迷思中的盼望

誠然，人世間的許多災劫，按理按情都不容易接受，教人陷於迷思。

上帝，祢在哪裏？

第二次世界大戰期間，納粹德國元首希特勒因為確信日耳曼民族的優越性，又因極度仇恨猶太民族，就對猶太人進行滅族式的大屠殺。許多人都不明白，上帝不是公義無私的嗎？為什麼竟然對這殘酷的種族滅絕行動，完全沒加攔阻？每天讓數以萬計、祂的選民以色列人，被送到集中營或毒氣室，六百萬人從此人間蒸發。

又如2004年12月發生的南亞海嘯，在短短幾分鐘內，近百萬人家毀人亡。有為父的木然握着孩子脈搏不再跳動的蒼白的手，而孤兒們就哀號呼尋父母。

上帝為什麼好像全不理會，祂豈不是滿有慈愛的嗎？祂豈不是聽禱告的上帝嗎？為什麼坐視不理？上帝啊，祢在哪裏？

信心燃點盼望

沒有人喜歡遭逢不幸，失去財產、親人或性命。上帝容許苦難臨到，一定有祂的心意。作為基督徒，可能暫時不明白上帝的意旨，所能做的，就是憑着信心抓緊祂，深信苦難背後的主要目的，是出於愛，而不是懲治。

〈創世記〉中的約瑟，因父親偏愛，惹來哥哥們的忌恨，在他十七歲那年，設謀把他賣到埃及。在驚惶無助中，他給賣到法老王的護衛長的家。沒想到女主人垂涎他秀雅俊美，一再遭到約瑟拒絕相好後，就誣蔑他，更使他下獄。如此屈辱、坎坷，不容易承受。

後來約瑟為犯了事的酒政解夢，這人復了官卻沒救他出來。在人看來，前路豈不黯淡無望？不料峰迴路轉，約瑟替法老解夢，受他器重，竟搖身一變，貴為埃及宰相，統管異邦。

待天下饑荒，約瑟父家也要到埃及糴糧，那時約瑟才明白「上帝的意思原是好的……」，是上帝差他在兄弟以先來，「要保全許多人的性命」（50：20）。

約瑟自被賣那天起，一直倒楣受辱，全無道理可循，誰又知道日後他竟救了整個以色列民族！人的視角，理解、透視能力有限，又受制於時空等種種因素，如何可以參透萬事，看到那幅整全的圖畫，理出個所以然來？在苦難中，憑信心順服，忍耐等候，說不定曙光就在轉角處冒現。

＊ ＊ ＊

我也是在苦難課堂裏，學習信心順服、忍耐等候的功課。

我的肝癌，換肝不遂，在幾乎沒得選擇的情況下，我接受化療。

2006年初，我往醫院作例行檢查，掃描和驗血的結果，都叫醫生驚訝不已。腫瘤沒長大，反倒輕微收縮；甲胎蛋白由1000多度下降到2.8；還有相關項目的指數也回復正常。

上帝醫治的手實在奇妙。我只接受了一次化療便康復了。迄今檢查了十多次，還是一切良好。腫瘤還在，但對身體沒多大影響。我和太太都相信這是一個神蹟，在患難中上帝與我們同在，叫我們仍有盼望。

豐盛生命的導師

現代無痛文明

依我的觀察、理解，現代人在認知層面上，都明白苦難的存在；然而，正視苦痛的態度，處理的手法，卻與祖先輩不一樣。

大抵現代人高度倚賴科技文明，生活一向安舒，享樂至上，因而趨於以困苦、災難為洪水猛獸，避之則吉。

生病？用藥要重、見效要快；動手術，用微創，或可以在不用麻醉藥的情況下，也來個全身麻醉；生孩子，就採用無痛分娩 —— 都在設法與痛苦絕緣。飽受金融海嘯衝擊，前景不明朗，有些人就用吃喝遊樂來麻醉苦悶。要等，要延遲，要勤奮努力才得到滿足？太痛苦難耐。「碌爆卡」，短線的投機炒賣，只想急急提取眼前短暫的消費快樂。

弔詭的是，在許多情況下，最終人們付出了昂貴的代價，吃自己的苦果。

要是我們願意正視苦難，以它為人生的導師，就不難發現困境苦痛也有正面的能量、價值。

璞玉待塑

人生猶如一塊質優璞玉，如果未經雕琢，不過是石頭一塊，平平無奇；直至落在經驗豐富、技術高超的玉匠手裏，他按着玉的大小、形狀、紋理，精雕細琢打磨，經過一定的時日，璞玉給塑成價值連城的珍貴玉器。難怪古人說：「玉不琢，不成器。」如果玉石有知覺，在給匠人削切鑽磨的過程中，定當痛徹難耐，呼天怨地，如人在受苦的當兒，痛不欲生。

但人生經過琢磨，遇過種種困難風險，嘗過失敗，再從中學習面對、解難，有所領受，那麼這一切都成了成熟的重要催化劑，教人渡過逆流而不氣餒，看到自己的有限而知謙卑；人的品格、心思意念，以至待人處事，也會日漸變得明理、通達。日後遇到順境，也不易生傲，亦懂得如何處豐富。

邁向成熟，經歷艱辛無可避免。正如西方的一句諺語說："No pains, no gains."（不勞則無獲。）

或如古人說：「天將降大任於斯人也，必先苦其心志、勞其筋骨、餓其體膚……」困苦雖然帶來肉體的折磨和心靈的創傷，但正因這種種艱苦困難，人就不斷接受挑戰，不斷成長，練就了性格堅毅、處事持平的功夫，可以承擔重任。就基督徒來說，上帝就是那巧匠，只要抱着信心、耐性，存快樂的態度去等待，璞玉終可蛻變為一件罕有的名貴藝術品。

順境的陷阱

再說，一生順境，也不一定幸福。順境也可以成為陷阱。人在順境，事事順利，很少會居安思危。際遇愈佳，愈容易倚靠自己的才幹聰明，得意忘形。基督徒可能不會定期檢視自己屬靈生命的景況，對罪的警覺性也愈來愈低。

試看《聖經》裏的以色列王大衞，他失足犯罪，不是在他卑微之時，或處於逆境、生命受威脅之際。就算他多次給掃羅王追殺，陷入險境，但因掃羅由上帝膏立，就不敢得罪上帝，親手殺他。反而大衞成了國君，國勢日益強大，就耽於逸樂、女色，看中手下烏利亞的妻子，與她行淫；事發後又施計將烏利亞調往前線，讓他死在戰場。得罪了上帝，還要先知拿單提醒才覺悟。

不少《聖經》人物，如祭司以利、掃羅王、所羅門王等，都是在事業達到高峰時，忘記自己的成功全是上帝的祝福，最終抵不住人性的軟弱，陷在罪裏。處於逆境，人容易看清楚自己的有限，切切尋求上帝，遂認識到祂的力量偉大無窮，憑信心倚靠，得以在平安、喜樂，和盼望中挺過難關。

海倫・凱勒(Helen Keller)曾説:「安逸和平靜的環境,培養不來優美的品格。只有經歷過困境、艱難,心靈才會堅強,異象看得清晰,雄心受到激發,目標能夠達成。」

信心試金石

再説,信徒如何面對苦難,其實由人決定。

有些人一落在困處,就立刻埋怨上帝:我為人誠實,奉公守法,怎會教我如此受苦?上帝有否弄錯?我受不了!除了口出怨言之外,心裏也質疑上帝是否公平。每天不是憂傷難過,就是自憐自悲,漸漸心中生了苦毒,最後甚至離開上帝。

有些人起初心中也有不少「為什麼?」,也感到不安;但他明白人若要成長,就不可能不吃些苦。他深信上帝會帶領他走過苦境,路仍舊崎嶇,但有上帝同行,愈走愈輕省,目標也愈來愈清晰,與上帝的關係再進深一步。

可見反應不同，結果也不一樣，苦難不啻是信心的試金石。有人不願吃苦而遠離上帝，包括那些不清楚自己信什麼，或將信仰與利益掛鉤，或看作點綴品、人有我有的人。也有人只願意接受上帝的恩典和祝福，卻不願受苦，也不肯付任何代價，更不願向上帝交出生命的主權。當苦難來到，要作出抉擇時，他們自然選擇放棄信仰。

曠野的經歷

基督徒要是信仰認真，又願意服侍主，在成長的途程，大都會遇上艱困或障礙。這種稱為「曠野的經歷」，有助信徒屬靈的生命愈趨成熟。

上帝領選民以色列人出埃及，讓他們在曠野漂流四十年，其中一門功課，就是要他們脫離從埃及學來的偶像敬拜。表面看來曠野漂流既孤單又困累，但以色列人在歷程中深人認識這位真神，明白上帝是個靈，該用心靈和誠實專一去敬拜，而不應跪拜、事奉有形的偶像，基本上革除了拜偶像的陋習。

就是以色列人的先祖，從亞伯拉罕到約瑟，沒有一位未嚐過苦的滋味。

亞伯拉罕以百歲高齡，蒙上帝賜他一子以撒，在這個應許未曾實現之前，上帝卻在他七十五歲那年呼召他移居遠方，不但得與家鄉親人分離，還要冒性命危險，在異地寄居，在日常飲食，語言、文字，文化、風俗習慣等方面，作出適應。

他的孫兒雅各，騙取哥哥以掃長子的名分，給兄長追殺，被迫漂流、寄人籬下，一再受母舅的欺侮，被騙工價，一生活在憂傷裏。臨死前他總結自己一生：「我平生的年日又少又苦，不及我列祖在世寄居的年日。」（〈創世記〉47：9）

亞伯拉罕、雅各接受了曠野經歷的磨練，在重重生活、境遇的考驗中，與上帝相遇，上帝也藉着這些苦處，指引他們踏上人生的新里程。後來亞伯拉罕給稱作「信心之父」；雅各給賜名「以色列」，成為以色列人的先祖。

毋庸置疑，苦難可以轉化人屬靈的生命，加深對上帝的敬畏；更體會人的渺小，明白得時刻倚靠上帝，讓祂介入、模塑自己的生命。

約伯回望過去，才明白他與上帝的關係，原來並不算親密，只停留在「風聞有你」的地步(〈約伯記〉42:5)，是間接的認識；在磨難中，他更詛咒自己的生辰，不滿自己的受造。但當他遇見上帝，就體悟上帝對他的寬容、慈愛；在上帝創造的奧祕中，更明白祂的威嚴、權柄。

他心悅誠服，說：如今我「親眼看見你」(同上)。他俯伏敬拜、認罪，沒有着意為所受的苦平反，跟上帝討價還價。與上帝相遇，把他信仰的歷程，提升到屬靈另一更成熟的境界，更敬畏、專心仰望上帝。

當信徒落在苦境時，只要全然用信心、禱告倚靠上帝，上帝會賜下超自然的能力讓他挺下去。祂或改變你的性格，或叫你的生命轉化，經歷祂的能力和恩典。要是單靠自己的能力，就體驗不到上帝在我們身上奇妙的作為；享受不到與上帝同行、跨越難關，苦處愈來愈不足道，而神人關係愈來愈親密那種喜樂和滿足——苦難竟然教我們的生命更豐盛。

苦難不盡是苦，反而有益處，有正向的一面。我們的信仰，給予我們足夠的能力去承載苦難。主耶穌曾應許說：「我的恩典夠你用的，因為我的能力是在人的軟弱上顯得完全。」(〈哥林多後書〉12：9)

黑夜也可歌唱

「凡事謝恩」，這是《聖經》的教導，即或順或逆，在任何景況下也要稱頌、感謝上帝。記得剛確診患上帕金森氏症，整個人都陷於極度挫敗和無助中，心裏無限傷感，腦內充塞的問題都沒有答案。那時，只看到可憐的自己，摸不着上帝的心，叫我怎能開口感謝？

日子過去，我漸漸體會苦難原是一個奧祕：人在困厄中，對上帝的威嚴與慈愛格外醒覺，深受觸動，因而屬靈生命別有憬悟。〈羅馬書〉第五章三節提到「患難生忍耐」，即苦難也是一個學習過程，其間因學習信靠上帝，在嚐盡苦楚的當兒，卻又感到輕省、堅強，有一份毅力、盼望，與上帝的關係更近。

真的很奇妙，順服上帝的帶領，不住地禱告，把憂慮卸給「天天背負我們重擔的主」（〈詩篇〉68：19），更不斷經歷祂的愛，可以教人在黑夜中歌唱。

前面述及帕金森氏症病人一天有四時的變化，身體或不住擺動，或被冰封，活動多方受到限制，更不要說出外遠行了。平生熱愛到國外遊覽的我，有病在身，從沒想過還有機會旅遊。

數年間，我到過國內江南、台灣，新加坡、日本、澳洲、紐西蘭，歐洲的倫敦、巴黎等地。

中學唸過錢塘江觀潮的文章，很受吸引，一直嚮往那兒的風光。病中有友人安排，與我在農曆八月十五日那天，遠道浙江杭州市一起觀看那兒錢塘江的潮水，讓我償願。當我凝神觀看遠遠的線潮訇然湧至的奇景，心情不由澎湃，若不是上帝的美意和看顧，憑我的身體狀況，怎可有如此賞潮的福氣。

每次出外旅遊，同行的有家人，我教過的學生，同學、同事、教會會友或好友。他們特地請假與我同遊，要不是出於愛心，實在沒幾個人願意如此付出。他們沿途細心照顧，又為我作出種種安排，令我眼界大開之餘，又享受到友情的誠摯關愛，點點滴滴都讓我樂在心頭，樂而忘憂。

以往外出觀光，每個景點也不會放過，錯過了就心有戚戚然；病後旅遊，心境反舒坦多了，看風景的觸覺也有所改變。

就如那次和家人、朋友到昆明的滇池遊玩。當我們乘坐吊車到達目的地，外面竟然下着滂沱大雨，四下張望，景物一片模糊。以往，心內一定有股怨氣；但在那刻，我卻格外欣賞煙霧迷漫，空濛的景致，更享受雨中的閒適。

在人情上我學懂細心，多顧及遊伴的感受。友人事忙，遊玩機會不多，對他們來說，旅費、假期都是奢侈的，所以不容我為突然而來的風雨，破壞了他們遊玩的心情。

＊　＊　＊

這幾年在病中，倍感友情的可貴。剛確診患上肝癌那段日子，我看到上帝用愛包圍我，散居在香港、美加、歐洲各地的朋友，都放下工作或私人事務，不辭勞苦，千里迢迢來探望我，一起祈禱，又分擔我家的家務，伴我渡過難捱的日子，在我生命裏留下溫馨、感動的時刻。

有一個好朋友，一度更因我服用某種藥物可能產生副作用，掛念我的安危，一連四十九天，每天都在早上五六點左右駕車來照料我，給我按摩，待我入睡，約在早上八點才離去；最後一天他回家路上，還撞了車，叫我歉疚。

還有，教會會友為我恆切禱告；每趟我得作身體檢查或動手術，也總有人輪值代禱。從前多是我幫助人，現在要學習接受別人的幫助。要是不肯接受，我想，可算是一種驕傲。

上帝讓我看到自己的生命中充滿愛，讓我在苦難中有喜樂、有安慰。

雖然身患頑疾，但上帝仍是我的老闆，我也珍惜在教會講道的服事。以往，站在講台上總是客客氣氣的，用溫婉的話、柔和的態度來勸勉弟兄姊妹，但是患病後的心情卻不一樣。沒有停留的空間，我要與時間競賽，爭取每一分每一秒，有什麼感動、有什麼勸勉，都很直接地道出來。佈道時心裏更是火熱，看見許多許多失喪的靈魂等待拯救，希望在有限的日子，上帝加力給我，繼續使用我。

雖然體力大不如前，但每趟外出講道，上帝都格外憐憫、看顧，即使連續兩堂講道，也應付得來。

後來從服事的崗位退下來，竟又多了機會到外面的教會、團契、羣體分享、作見證，接觸的人，比患病前更多。每次應邀，我也煩請對方告知與會者不用注目講員，因我身體不住擺動，會叫他們目眩。

怎也沒想到上帝用我的軟弱來服侍他。有人表示當我站到講台上，已是一篇道，叫他們得到幫助、激勵。我又比以前較多談生死，也不介意向人剖白自己的軟弱和掙扎。不想浪費這病，想多為上帝作見證。此外，亦有在信仰或生活的層面輔導信徒。

從前在教會服侍，總以為自己的強項在青年工作，病後多作探訪，訓練信徒佈道，反推動了教會百分之七十以上的信徒加入事奉，建立了一個重禱告，彼此相愛、同心的羣體。

上帝要我學習把一切全然擺上，由祂作工，祂能把軟弱化為剛強。我雖然重病在身，但蒙上帝豐富恩典的保守，教會並沒有倒退，反而質與量都健康活潑地成長。

＊ ＊ ＊

「我們在一切患難中，他（上帝）就安慰我們，叫我們能用上帝所賜的安慰去安慰那遭各樣患難的人。」（〈哥林多後書〉1：4）

病後看待長期病人，多了一份同路人的體會，跟病友相處，感同身受；他們的辛酸我完全明白，有共鳴，也更容易體恤到他們的需要。

有些病友很年輕便發病，雖然當時事業處於高峰，也得提早退休，令他們心裏充滿不忿。當中有人還得依靠太太全時間照顧，心裏更滿是無奈、內疚、不服氣，既為家庭與前路擔心，也為還小的兒女的教育憂慮。我留心聽他們的故事，讓他們發泄心中的怒氣，用禱告給他們支持。年中也會抽空登門探訪，政府有什麼資助，就提醒他們申請。我更抓緊機會，與他們討論基督教的福音，讓他們認識上帝。目睹病友信主，經歷上帝的同在，人也喜樂了，就很欣慰。

但願自己受的苦，可以幫助、建立更多活在痛苦裏的人。

＊＊＊

大病之後，每天醒來，都覺得這新的一天是白白賺回來的，所以非常珍惜與家人相處的時光，享受着與他們一起的每一個片段。

我確診患上帕金森氏病那年，女兒恩約四歲，兒子信約不足一歲。我這個父親是長期病人，兒女在這種家庭環境成長，有他們的疑問、要克服的難處，得格外關心。

起初，恩約不肯讓我帶她上學，想她接受不了別人的父親身體健康，自己的父親卻連走路也是一拐一拐的，完全沒有保護她的能力。有時她也會要求我不要出席她學校的活動，以免招來同學奇異的目光。

不過，到了後來，學校每有活動，她也會問我要不要去。有媒體來給我作訪問，她也樂意配合，分享她的感受。

小兒子學走路的時候，早上常拉着我要「爸爸抱抱」；可早上我的肌肉最是僵硬，為了他的安全，不會從我的身上滑下去，我多次拒絕了他，叫他以為我不愛他。我心裏很難受。要到近年，我跟信約的關係才有改善。

太太為了要幫助小兒子認識帕金森氏症，就帶他參加有關的病人支持小組，由他發問，讓他多了解。後來他在學校的一次show and tell（編按：「展示和講述」，是西方小學課堂的一種練習，學生展示帶來的實物，並作講述、討論）演說中，竟可向同學講解這病，頭頭是道。

恩約漸長，提出的疑問也多了。例如：如果上帝愛父親，為什麼讓他生病？我開導她不要單注日父親的病，還得同時看到上帝一直給我、給家裏的祐助。太太也讓她明白真誠與人交往，又熱心待人，有困難時，朋友就會相助。

女兒八歲那年，我還跟她談到「死亡」這課題，用入住旅店的比喻：人在旅途，無論住的地方有多豪華，外面的風光有多迷人，也不會多留戀，因為只住幾天便會上路。人活在世上，也跟旅人一樣，如《聖經》所說，世上的一切很快都要過去；但信耶穌的人有真實、美好的盼望，死後回到天家，那是一個永遠與上帝同在的樂園。現在活着的每一天，就以信、望、愛，把一切交託給上帝，與祂同行。

有一次，家人一起祈禱，信約竟然在禱告中說：「或許有一天，我會跟爸爸一樣，做傳道人。」我和太太即時熱淚盈眶。

當然，太太對我不離不棄，細心的照顧，以及為家庭、子女的付出，我感激不盡。因為身體有時在冰封狀態，即使兒女在身邊，想緊緊擁在懷中，也有心無力。所以每天我都把握時機，跟太太、兒女說我愛他們，擁抱他們，一家人的關係比從前更親密。

我不再吝嗇笑容，或直接向人表達感受的機會。

與親友、學生遊蹤遍及——溫哥華的愛麗斯湖，

澳洲墨爾本，

北京，

雲南。

和病友一起遊戲。

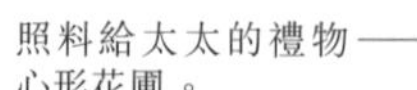

照料給太太的禮物——心形花圃。

夏日白的紫紅的「美國石竹」盛開。

一家四口近照。
突破機構/黃國榮攝

在紐約講道。

罪與苦難的出路

苦難誠然是個奧祕。古往今來，不少先賢哲人、科學家等，都嘗試從不同的角度去探問、研究，但畢竟人類的智慧、壽數有限，無從全面掌握，縱然發現了一些自然災害定律，或哲理上有高知卓見，然而一旦大災難臨頭，眾生還是驚恐萬狀，窮於理解，反應不來。奧祕始終仍是奧祕。

回顧平生，自己走過不少艱難的路，尤其是這幾年；但就是與苦困交鋒，在種種迂迴、險阻中，心裏仍有盼望，而且盼望愈來愈篤定、澄明。這教我想到苦難雖然多方與人纏磨，但人也不是只有捱打的份兒，苦境該也有出路。

人神關係斷絕之苦

正如使徒保羅說：「罪是從一人（始祖亞當）入了世界，死又是從罪來的，於是死就臨到眾人，因為眾人都犯了罪。」(〈羅馬書〉5：12）。罪不單叫人受肉體死亡的刑罰，他的靈性也告死亡，與上帝關係隔絕。罪就像一道極深的鴻溝，將人與上帝遠遠分隔兩端，原本美好和睦的關係，卻因人犯罪全然遭受破壞。

人類受罪的權勢轄制，罪世世代代相傳、深化下去，人一出生就有罪性。如果有人申辯自己沒有罪，他不過是自欺欺人。

人「專顧自己，貪愛錢財，自誇，狂傲，謗讟，違背父母，忘恩負義，心不聖潔，無親情，不解怨，好說讒言，不能自約，性情兇暴，不愛良善，賣主賣友，任意妄為，自高自大，愛宴樂，不愛上帝……」(〈提摩太後書〉3：2-4）這裏展現末世的人性，可是今天眾人的寫照？

我們都有了罪，與上帝斷絕了關係，那麼，這關係可修補嗎？如今還來得及嗎？對，我們的出路就在乎與上帝的關係和好。

出路 1：與上帝和好

雖然人背離上帝，祂卻因為愛的緣故，採取了主動，為我們預備了得拯救的出路。「上帝愛世人，甚至將他的獨生子賜給他們，叫一切信他的，不致滅亡，反得永生。」(〈約翰福音〉3：16)

上帝差耶穌基督道成肉身到世上來，「在我們還作罪人的時候為我們死」在十架上(〈羅馬書〉5:8)；祂流的寶血，洗淨了我們一切的罪，叫凡誠心相信耶穌救贖的人，不會滅亡，永遠與上帝隔絕；反倒可以永遠與上帝一起，享受神人親密和諧的關係。

如果你願意與上帝和好，必須在上帝面前謙卑，承認自己有罪，明白人靠自己，無法勝過罪惡，如《聖經》所說：「我所願意的，我並不做；我所恨惡的，我倒去做。」(同上 7：15）這樣向上帝誠懇悔改認罪，接受上帝藉着耶穌的死而帶來的救恩，承認上帝是你的主，那麼馬上就得享上帝兒女的名分，也同時找回自己尊貴的身分和價值。

無情浪子與有情父親

我們與上帝的關係，就像《聖經》裏浪子的故事所描述的一樣——

「一個人有兩個兒子。小兒子對父親說：『父親，請你把我應得的家業分給我。』他父親就把產業分給他們。過了不多幾日，小兒子就把他一切所有的都收拾起來，往遠方去了。在那裏任意放蕩，浪費資財。既耗盡了一切所有的，又遇着那地方大遭饑荒，就窮苦起來。於是去投靠那地方的一個人；那人打發他到田裏去放豬。他恨不得拿豬所吃的豆莢充飢，也沒有人給他。

他醒悟過來，就說：『我父親有多少的雇工，口糧有餘，我倒在這裏餓死嗎？我要起來，到我父親那裏去，向他說：父親！我得罪了天，又得罪了你；從今以後，我不配稱為你的兒子，把我當作一個雇工吧！』於是起來，往他父親那裏去。

相離還遠，他父親看見，就動了慈心，跑去抱着他的頸項，連連與他親嘴。兒子說：『父親！我得罪了天，又得罪了你；從今以後，我不配稱為你的兒子。』父親卻吩咐僕人說：『把那上好的袍子快拿出來給他穿；把戒指戴在他指頭上；把鞋穿在他腳上；把那肥牛犢牽來宰了，我們可以吃喝快樂；因為我這個兒子是死而復活，失而又得的。』他們就快樂起來。……」(〈路加福音〉15：11-32)

故事裏的小兒子，取過了他自以為早該分給他的家產，就頭也不回，去追尋他的享樂人生。老父傷透了心，卻仍長日牽掛這心上的兒子，耐心溫柔地等他回頭。待兒子身無分文，潦倒、羞愧歸來，他只看到孩子憂傷痛悔的心，就憐憫、原諒了他的過錯；還珍而重之，回復他兒子的名分、地位。

基督教強調，人得以稱義成為基督徒，主要是對上帝有信心，而不是計較自己有多少善行。其實，人要與上帝關係和好並不困難，只要放下驕傲和成見，存着謙卑的態度，向上帝認罪悔改，上帝必像故事中的父親一樣，寬恕你的罪，接納你作祂的兒女，恢復永遠和睦相處的關係。

心囚之苦

罪不單破壞了人與上帝的關係，也使人與自己的內心失去和諧。

因始祖背叛上帝，罪進入了世界。人類陷在罪裏，也活在無望無助中，覺得自己受罪惡操控，卻擺脱不了罪性。遠離了上帝，人也失去自己真正的身分，價值和尊嚴，感到十分無奈和絕望，與自己的內心世界無法協調。

人犯罪墮落後，源於上帝的基本意欲（desire）也同時發生變化，追求對象由「創造者」轉移到「受造者」身上，意欲脱了軌（derailed desire）。驟眼看來，人好像有了極大的空間和自由，隨心所欲，但所享受的不過是罪中之樂。意欲發自人心深處，支配人的思想、意念、決定，與行為。

這些脱軌意欲或受人的性格、成長際遇、潮流風氣等因素影響，加上內裏的罪性推波助瀾，不難在生活各層面見到，例如賭博、酗酒、放縱情慾、弄權、拜金⋯⋯ 脱軌的意欲，更帶來成癮的沉溺

（addiction）。不要以為陋習惡行才可以成癮，一些公認的好習慣、活動，如工作、運動、美容、閱讀、網上連線…… 如果優次失衡、取向不當，早晚叫人陷溺其中。

就如有些現代人亟亟追求綠色飲食、身體安康，把這些奉若真理、神明，卻甚少顧及心靈健康。其實心靈給生活和生命帶來極大的影響，過分注重身體的問題，本末倒置了。

上帝「將永生安置在世人心裏」（〈傳道書〉3：11），只有恆久的事物才能滿足人心底的渴求。因此再竭力追求、沉溺世上早晚會失去的諸事諸物，就是不受罪惡纏擾，也失去自由，像掉進浮沙，愈拚命掙扎，愈泥足深陷，無法自拔；最終還是教人困惱人生的意義，心靈空虛如黑洞，沒什麼可以叫人得到真正、持久的滿足。

還有，人內心恆常有衝突、對峙，「因為，立志為善由得我，只是行出來由不得我。故此，我所願意的善，我反不做；我所不願意的惡，我倒去做。…… 因為按着我裏面的意思，我是喜歡上帝的律；但我覺得肢體中另有個律和我心中的律交戰，把我擄去，叫我附從那肢體中犯罪的律。我真是苦啊！」（〈羅馬書〉7：18-24）。

如此種種，如何叫人內心找到真正的平穩、安靜？

出路 2：與自己和好

其實，人只要願意與上帝和好，就已朝着與自己內心復和的方向走去。

當我們知罪悔改，樂意將整個人交給上帝，接受耶穌基督代罪的救恩，上帝的靈就會入住心內，我們就成了「新造的人，舊事已過，都變成新的了。」（〈哥林多後書〉5：17）

我們可以向上帝呼叫「阿爸！父！」（〈羅馬書〉8：15），享受作祂兒女的福樂，不用按社會以財富、成就、學問等標準來衡量人的價值而活，找回尊貴、真正的自我，生命的方向，更有永生的盼望。靠着基督的能力、祐助，我們更可以對抗慾念的引誘、試探，不再作罪的奴僕，生命有了轉化。

當然信徒追求公義、聖潔，是一生的工夫。只要每天親近上帝，經常反思、省視自己，按着上帝賜下的才能，與祂的心意配合，同工同行，就可找到安身立命之處，享受潛能得以發揮，生命不斷成長，重建與他人、世界的關係。這樣，不能不為自己的存在欣慶！

人際疏離之苦

再看罪如何敗壞人與他人的關係，和它的出路。

人的罪性，教人在人際之間，播下猜疑、嫉妒、毀謗、排擠、報復等種子，叫人與他人的關係疏遠、冷漠。這種現象，在現代的大都會愈演愈烈。

現代人看重效率、功能，處事做人自我中心，往往只看到自己的需要，為求達到目的，不理他人死活。自我中心帶來各種不必要的衝突、爭競、誤會、憤恨、不和、結黨等等，破壞了父子、兄弟、夫婦、朋友、鄰居等關係。

人的交往缺乏坦誠信任，或視對方為假想敵，處於戒備狀態；或有需要時可供利用，但為了利益也可以隨時犧牲、出賣。社會愈自誇文明，人看對方的價值，就愈仿如買賣一樣，單從利益、利己出發。結果，人逐漸失去人格，人也變得沒有人情味，更逐漸貶值為生產或消費機器。

出路 3：與他人和好

《聖經》的教導強調和睦相愛的人倫關係，要「愛人如己」（〈馬太福音〉19：19）；彼此認罪、寬恕。如果有人跟弟兄有嫌隙，得努力與他和好，他給上帝獻祭，才蒙悅納。有不少經文，可作為我們與他人交往的行事指引，建立與別人和好相處的根基。

新約〈馬太福音〉第五至七章，稱為「登山寶訓」的經文，記載了耶穌一連串的教導，指出對人對事該持守的原則和道理；其中「八福」特別提及跟隨耶穌的天國子民的八種品德、生命的素質。

如果這些生命素質內化，又活現在日常生活的言行裏，我們不難與別人相愛共處。

這八福內容如下：

「虛心的人有福了！因為天國是他們的。

哀慟的人有福了！因為他們必得安慰。

溫柔的人有福了！因為他們必承受地土。

飢渴慕義的人有福了！因為他們必得飽足。

憐恤人的人有福了！因為他們必蒙憐恤。

清心的人有福了！因為他們必得見上帝。

使人和睦的人有福了！因為他們必稱為上帝的兒子。

為義受逼迫的人有福了！因為天國是他們的。」

(5：3-10)

這八項耶穌認為是蒙福的品德，包括虛心、哀慟、溫柔、飢渴慕義、憐恤人、清心、使人和睦，和為公義受逼迫。

「虛心」，是指人感到自己心靈貧乏，向上帝謙卑；「哀慟」，是指為罪哀傷；「溫柔」，是不自誇長處，不以自己的方式去爭取，不忘一切都是上帝供給的；「飢渴慕義」，是愛慕、渴求上帝的義在我身上或世上彰顯；「憐恤人」，是對人有憐憫、體貼的心腸；「清心」，是內心清澄，一切以上帝的事為念，多默想、安靜；「使人和睦」，指對人容忍、讓步；而「為義受逼迫」，就指人為行公義，跟從耶穌受到逼迫。

可惜在現今世代，不少人遠離上帝，不敬畏上帝，故意背道而馳，與《聖經》的道理唱反調。他們批評八福造就懦弱的行徑，不合時宜。「虛心」被人視為沒有自信；「哀慟」給誤解為軟弱；「溫柔」對他們來説，等同優柔寡斷；「飢渴慕義」遭人嘲諷為宗教狂熱；「憐恤人」不過是婦人之仁；「清心」，頭腦簡單而已；「使人和睦」淪為好管閒事；而「為義受逼迫」就給看成傻戇倔強，又不識時務。

八福所述的品德，着重個人內心的改變。若要與人復和，就得從自己的內心和態度着手，放下自我，順服上帝的教導、指引，長期實踐下來，就可以與人真誠交往，愛人如己，有「非以役人，乃役於人」的精神。

人地受重創之苦

最後，讓我們細看罪如何影響人與自然界的關係，以及它的出路。

上帝創造天地初期，將有秩序、規律的美好世界交給人管理。那時，人享受大地，兩者關係密切。

可是，自始祖犯罪，大地因人犯罪的緣故受到咒詛，原本出產豐滿果實的肥沃土地，長出荊棘和蒺藜，使耕種比以前辛勞得多。從此，人要「汗流滿面才得餬口」(〈創世記〉3：19)，昔日與自然界那種相依和諧的關係，大受破壞。

人本有聰明能力去認識、治理大自然，但因心裏滿載罪惡，如貪婪、爭競、嫉妒，雖被稱為「萬物之靈」，但有時行為表現卻比禽獸還不如；誤用、濫用大地資源，肆意破壞環境，也沒有與四周環境生物和平相處的意願。

人的惡行纍纍，信手拈來的例子，數不勝數，就如南美洲亞瑪遜河流域的熱帶雨林，本是茂密無際，卻遭人過度砍伐，令表土流失，河道淤塞，結果下流出現氾濫，造成人命財產的損失。非洲許多土地疏於水利，引致大量耕地沙漠化，再加上其他種種政治、經濟等因素，遂出現糧食短缺，釀成饑荒。

又如現代社會高度推崇消費、科技文明，商人只顧眼前的利益，大眾只為滿足物慾、享受，商品、消閒品、工業產品充斥市場。但在生產、使用過程中採用或排放的氟氯碳化物、二氧化碳等，都損害了臭氧層，進而造成溫室效應。全球氣候變暖，冰川融化，海平面急劇上升，最終可能導致城市被淹，天氣變得極端，出現洪水、旱災，地震、海嘯頻繁，病毒肆虐⋯⋯環環相扣的連鎖反應帶來的禍害，叫人始料不及，也對應不來。

不錯，上帝偶然會借用自然界的力量，來提醒或警告世人不要妄自尊大，目中無神。例如祂用雹災、蝗災等去對付埃及的法老王，要他准許受他勞役苦待的以色列人離開埃及。但許多災難的發生，人得負上責任。所謂「天災」，究其原因，其實是人禍，是世世代代不斷蹂躪、破壞大地累積下來的惡果，把問題歸咎上帝，真是愚昧可悲。

出路 4：與大自然和好

人要是不認清自己不過受上帝託管大地，不正視自己的貪念、愚妄，以為大地就在腳下，濫取誤用，不為污染、破壞環境悔咎，好好省察，那麼人類和地球很快便會走到毀滅的邊緣。好好執行管家的職分，不過度發展能源，生活節約簡樸，尊重與自然界相依相繫的關係，愛護善用，人才可與大地和諧共處。

✻ ✻ ✻

罪與苦難，在人與上帝，與自己、與他人、與自然界造成的破壞、疏離，其實都有出路；而這出路指向上帝救贖的恩典。只要謙卑悔罪回轉，就可白白得到。一旦與上帝關係復和，按着祂的教導，也靠賴祂的恩典、能力生活，就不難與自己、與別人，以至自然界修好——原來人生另有天地。

結語

自2000年確診患上帕金森氏症，2004年6月又證實罹患肝癌，痛苦、壓力，和困難一浪接一浪；與頑疾搏鬥，實在一點不容易。可是覺得自己正走向絕境時，上帝又奇妙地給我另開一條新路。

在疾病痛苦中，我經歷上帝豐富的恩典。祂的愛每天傾倒在我身上，在失望中祂安慰我，亦垂聽弟兄姊妹不斷的代禱，幫我逐漸脫離情緒低谷，懂得以謙卑的心謝恩和讚美，學習凡事有主同在就不用懼怕。

人生的路縱使起伏迂迴，我學習從積極、樂觀的態度去面對。有上帝介入生命，可以痛而不苦、殘而不廢；不用再自怨自艾、自憐自悲。

不知不覺間，經歷了很多，有上帝看顧陪伴，身體痊愈與否已不再視為至要。祂賜我足夠的勇氣和能力去承載苦難。我也這樣深信：

「誰能使我們與基督的愛隔絕呢？難道是患難嗎？是困苦嗎？是逼迫嗎？是飢餓嗎？是赤身露體嗎？是危險嗎？是刀劍嗎？⋯⋯因為我深信無論是死，是生，是天使，是掌權的，是有能的，是現在的事，是將來的事，是高處的，是低處的，是別的受造之物，都不能叫我們與上帝的愛隔絕；這愛是在我們的主基督耶穌裏的。」(〈羅馬書〉8：35-39)

我怎樣看死亡？

我不贊成安樂死，生命的主權不在自己。安樂死一旦合法化，人性的幽暗、軟弱，恐怕會衍生不少問題。控制生死，不就是要與上帝同等，回到始祖亞當的地步！

生老病死，人人都要經過。死亡是必然的過程，不能逃避。《聖經》說：「人人都有一死，死後且有審判。」（〈希伯來書〉9：27）就是拉撒路和睚魯的女兒，雖因耶穌在他們身上施行神蹟，一度從死裏復活，但最終也得面對死亡。人在世上不過是客旅，是寄居者，這世界不是永遠的家。我另有盼望，就是在天國裏享有永恆的生命。

這十年間，經歷這麼豐富，來到今天，我覺得死亡沒有什麼大不了。人生就如一聲歎息，又如睡了一場；安息主懷，痛苦得到解脫，也掀起樂園的序幕。而且耶穌也曾應許，「復活在我，生命也在我。信我的人雖然死了，也必復活；凡活着信我的人必永遠不死。」（〈約翰福音〉11：25）

正如《聖經》所述：「號筒末次吹響（即主耶穌再臨）的時候…… 死人要復活成為不朽壞的…… 這必死的總要變成不死的。」(〈哥林多前書〉15:52-53)「在基督裏眾人也都要復活。」(同上 22) 那時，「死啊！你得勝的權勢在哪裏？死啊！你的毒鉤在哪裏？」(同上 55)

常存這活潑的盼望，加上上帝的保守，教我有動力往前走向那永恆的天家。

活着一天，我就珍惜現有的時光。當然我也想看到兒女長大成人，多享受上帝的創造。不過，要是祂認為我壽數足矣，我亦準備好了。

結束這章前，我誠摯地把自己患病多年、心有所感而創作的一首詩歌，願與讀者分享：

〈永恆信望愛〉

許道宏

曲、詞

1.憑着信念，能笑於暴 風，神 與我同 走，崎嶇曠野 路，
2.懷着盼望，再不用懼 怕，仰 望主十 架，高歌讚主 恩，
3.期望心內，有主深厚 恩，學 習愛他 人，分享主愛 心，

5
無 論 身 體 或 心 靈 創 傷 ， 全 能 神 必 醫 治 我 ！
人 子 降 世 捨 命 施 救 恩 ， 復 活 升 天 將 再 來 ，
凡 事 忍 耐 哪 怕 須 吃 虧 ， 彼 此 相 愛 要 互 勉 ，

Oo
Oo
凡 背 重 擔 快 到 神 面 前， 在 祂 裏 面 享 永 遠 安 息，
神 按 公 義 審 判 各 世 代， 屬 祂 子 民 得 永 生 確 據，
拯 救 靈 魂，竭 力 去 證 道， 以 基 督 耶 穌 的 心 為 心，
Oo
Oo

我 神 大 愛 無 微 不 至， 因 信 得 享 主 救 恩。
世 上 榮 華 富 貴 盡 化 煙， 與 神 同 住 到 永 遠。
三 一 真 神 愛 永 不 止 息， 主 愛 偉 大 實 無 窮。

後記

寫完這書最後一章，我終於放下心頭大石，心裏異常愉快。

兩年前我用了九個月寫下第一本書，也是我的自傳——《冰封下的暖流》，自資出版。雖然很辛苦，但感恩這書能叫許多讀者得安慰。

別以為有了寫書的經驗，熟能生巧，再著書就便當得多，雖然這書也是上書的延伸，有部分資料也取自該書。因我的帕金森氏症病情轉壞，我不但雙腿舉步維艱，連字也寫不來。還好我採用的中文電腦輸入法「九方」，只用九個鍵，我就努力用筆桿的一端擊碰鍵盤，逐一把字輸入，字字可謂艱苦經營。

有時好不容易輸入了一行字，卻因雙手失控擺動，誤觸「刪除」鍵，猛地一下把整段狠狠刪掉了。本來寫了滿滿的一篇，一下子只剩下一半，心裏有說不出的挫敗感，難受得直教我一度考慮擲筆棄寫。

但一想到連這小小的困難也忍受不了，又怎能勇敢面對更大的挑戰，於是，又再拿起筆桿來寫下去。

除了寫字或使用電腦的困難外，在創作過程中，有時寫作靈感源源不絕，雙手卻因藥物影響僵硬了，仿如石像握着拳頭，指頭無法操作，就讓靈感白白溜走了。這種情況不斷出現，事倍功半，也教我氣餒。如何靠我一己之力（該是「乏力」）去完成著作？只有仰望上帝的祐助。

服用藥物的分量增加，也影響我的思維，說話或作句不再有條理；要說的話或寫的句子，往往到了半途就得急剎車，待藥力減退才可接續下去。幸好這些情況在寫作末段才發生。

後來，雙手愈來愈難操控，鍵盤也用不來。編排版位、對調段落等一般人看為芝麻綠豆的事，對我卻是浩大的工程，不少時間都花在處理技術性的問題上。這時，又得弟兄姊妹協助，我口述，他們筆錄，再把寫下的輸入電腦，列印出來校對。因此，這書花去不少時間、精神，才能完成。

感謝上帝，這書最後還是殺青了。在此特別向曾經給我幫忙的教會弟兄姊妹道謝。感謝突破出版社出版這書，以及編輯楊碧瑤小姐在我寫作過程中所作的提醒和建議。林文俊先生、區林穎儀女士在文字處理方面，也幫了我一把。還有陳華雄、李惠賢、何智德三位在電腦方面也曾多方協助。

最後，我當然得向多年來悉心照顧我的太太，表示衷心感激。她任勞任怨，不論在我寫作、事奉，或持家、安排生活細節方面，都給予我莫大的幫助和祝福。還有一雙兒女的支持，也為我的寫作帶來不少動力。

願上帝記念各人付出的愛心和勞力，也願我的經歷可以給讀者一點啟迪。

附

給長期病人的照顧者
和同行的家人、親友

自己患重病多年，起居生活、工作安排一向有賴太太照料，雖然是受助者的角色，但也對照顧長期病人的難處，有一點體會，願與讀者分享。

家中有長期病人，而照顧他的責任如果落在家人、親友身上，那麼他們的擔子、壓力可不輕：除了照顧病人起居飲食、覆診、代辦各種事項以外，還得接待親友的探訪和慰問；或者按個別情況，還有其他的事務。

要是照顧者又是惟一的一個，長年獨力支撐，那麼他的困難、壓力和孤單感只有倍增，或者更多；通常精神和體力既透支，心靈也疲憊無力。

就是情緒上的負荷，也不容忽視。

眼見摯愛的人，健康日漸給蠶蝕，面容愈來愈憔悴，天天都得忍受皮肉、心靈痛苦的折磨；但痊愈之日，看似遙遙無期，令人感到非常無助、鬱悶，內心也有矛盾、交戰：一方面既捨不得至親離世；另一方面，眼見病人長期受盡疾病百般折騰，生不如死，自己一籌莫展之餘，更可能心力耗盡，不由冒起希望病人早日離世的想法。這暗念一起，自己又會感到震驚、內疚。種種無奈、無助、不捨、不忍、欲捨難離、欲去還留等負面情緒，真是百感交集，令人倍感神傷。

此外，為了照顧病人，照顧者可能也得放下自己的工作、消遣，或社交活動；個人的時間和期望都好像支配不來。如果服事不是出於甘心樂意，就容易生怨或感到憤怒。

凡此種種，都可看到照顧者的辛勞、艱難，他們也可以如病人一樣，在水深火熱之中，實在極需要周遭的人的關懷，支持和鼓勵。

因此，病人的家人、親友們，除了關心病人外，也請對照顧病人的人表示關懷、接納，不時給他們鼓勵，欣賞他們的付出，也肯定他們對病人的重要性。定期探訪或以電話問候，都可讓照顧者抒發他們的情緒、心聲，感受到自己並不孤單。一張心意卡也可表達關心和支持。

言語安慰以外，照顧者也需要別人實質的幫助、實際的行動。例如親人、朋友可主動提出定期輪班，代為照顧，讓他們有個人的空間，稍作歇息。

照顧者其實需要關心的人多靜心聆聽，不急於提出自己的看法、建議；多細心安慰而不是教訓、苛責；多耐心鼓勵，而不該急躁批評；多以愛心服侍，不作紙上談兵。

當然，照顧者自己也不要單單照顧病人的需要，而把個人的需要擺在一旁。其實內心有負面的情緒，感受到壓力，是正常的。就算短暫出現希望病人早日離世的想法，也是可以理解的。找可信任、又明理的人傾訴心中的感受、疑難，可以大大舒緩壓力。如果有相關的支援小組，更可互相支持。

此外，也得給自己留下一些空間，做自己想做的事，或好好休息、娛樂一下，或參加平日喜愛的活動，好減輕壓力。假如看顧病人的工作真的應付不來，就要積極尋求協助。

如果照顧者愛護自己，關心病人的親友又給他們適切的支持，那麼看護病人的工作就會輕省多了。

延伸閱讀

4位跨越逆境能手，
忠實演繹——如何懷抱盼望，活得精彩！

《死亡，別狂傲》(復刻本)

作者：蘇恩佩

燃燒自己，仍在說話

突破機構創辦人之一，少年時代已罹患癌症，對她來說，死亡不僅是哲學上的玄思，更是生活的挑戰。她沒有退縮，努力不懈，以生命影響生命。讀者可重溫她留下的書稿和痕迹，並細味她的屬靈宣告新章。

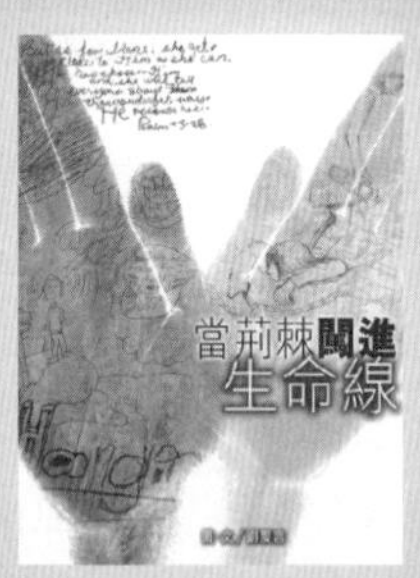

《當荊棘闖進生命線》(繪本)

作者：劉愛言

愛裏沒有保留的年輕媽媽

確診患上癌症，決定要給年幼兒子留下手札，以畫筆記下治療日子裏，她的勇敢和怯懦、痛楚與安慰；她如何頑抗，上帝又怎樣祐助她，和何等的愛她。對還未領略生命局限的人，不啻是思考人生的時機。

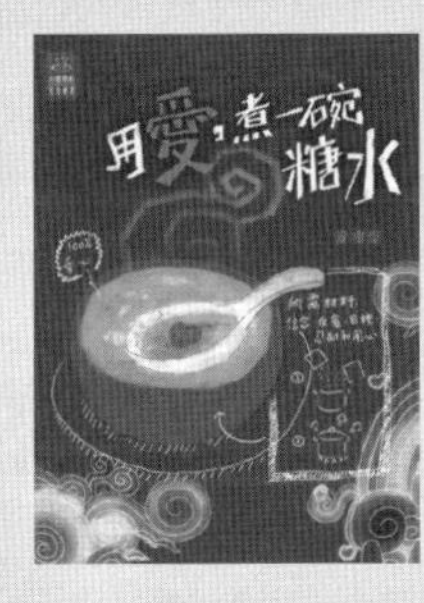

《用愛，煮一碗糖水》

作者：麥樹堅

叛逆青年吳玉新的甜品屋傳奇

吳玉新在青少年時期，不思長進，愛飆車，更染上多種惡習。當他遇上生命的主，人生方向逆轉，用愛去製作甜品，竟成了體貼窩心的服事。

膺選 2007香港教育城「我最喜愛的人物 / 傳記」

《愛在溫柔流動 —— 嘉榆老師的生命教育》

作者：麥樹堅

柔弱的吳嘉榆　活出美麗豐盛的生平故事

吳嘉榆生來有心臟病，從小自卑、自閉。上帝的愛融化了他冰封的心，用愛教學，忘我地付出，溫熱了受傷的人，挽回浪子；給年輕人、老師，以及青少年工作者，無限啟迪、策勵。

誠意推介

《活着，痛而不苦》

作者：湯國鈞、呂大樂、溫帶維等

從哲學、心理學、信仰等廣泛的角度，討論各種痛，包括身體病痛、關係傷痛和人生苦痛。

臨牀心理學家、輔導員、牧師等專業人士，更為痛尋找出路。

還有曾受各種苦痛的人現身説法，讓讀者從多角度認識痛苦這個人生事實。

痛屬必然，苦卻不定然。積極的人生精神，可選擇活得不苦。